Orange
橘子洲

있는 그대로 나를 사랑하며 살아요

당당하고 멋진 그대에게!

황 영미 黃英美

模范生的生存法则

모범생의 생존법

〔韩〕黄英美 著
李孟莘 译

江苏凤凰文艺出版社
JIANGSU PHOENIX LITERATURE AND ART PUBLISHING

图书在版编目（CIP）数据

模范生的生存法则 /（韩）黄英美著；李孟莘译
. -- 南京：江苏凤凰文艺出版社，2022.10（2024.10重印）
ISBN 978-7-5594-7149-9

Ⅰ. ①模… Ⅱ. ①黄… ②李… Ⅲ. ①长篇小说 - 韩国 - 现代 Ⅳ. ① I312.645

中国版本图书馆 CIP 数据核字 (2022) 第 163929 号

模范生的生存法则

（韩）黄英美 著　李孟莘 译

出　　品	橘子洲文化
责任编辑	白　涵
特约编辑	王　婷
出版发行	江苏凤凰文艺出版社
	南京市中央路 165 号，邮编：210009
网　　址	http://www.jswenyi.com
印　　刷	北京中科印刷有限公司
开　　本	787mm × 1092mm　1/32
印　　张	7.5
字　　数	118 千字
版　　次	2022 年 10 月第 1 版
印　　次	2024 年 10 月第 2 次印刷
书　　号	ISBN 978 - 7 - 5594 - 7149 - 9
定　　价	49.00 元

江苏凤凰文艺版图书凡印刷、装订错误，可向出版社调换，联系电话 025-83280257

"新生们，
欢迎来到人才培养的
摇篮斗城高中。"

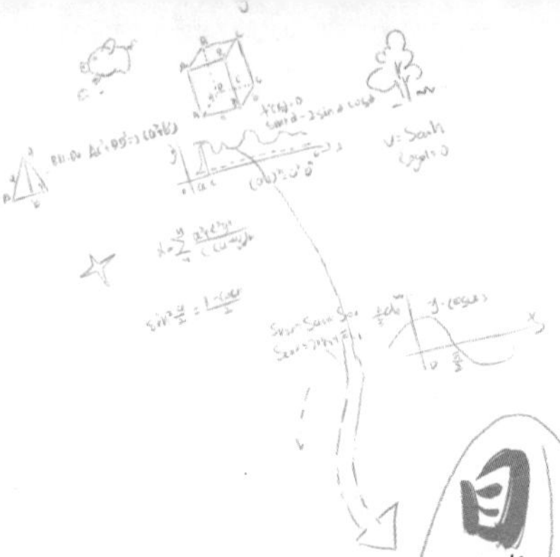

目录

Contents

Contents

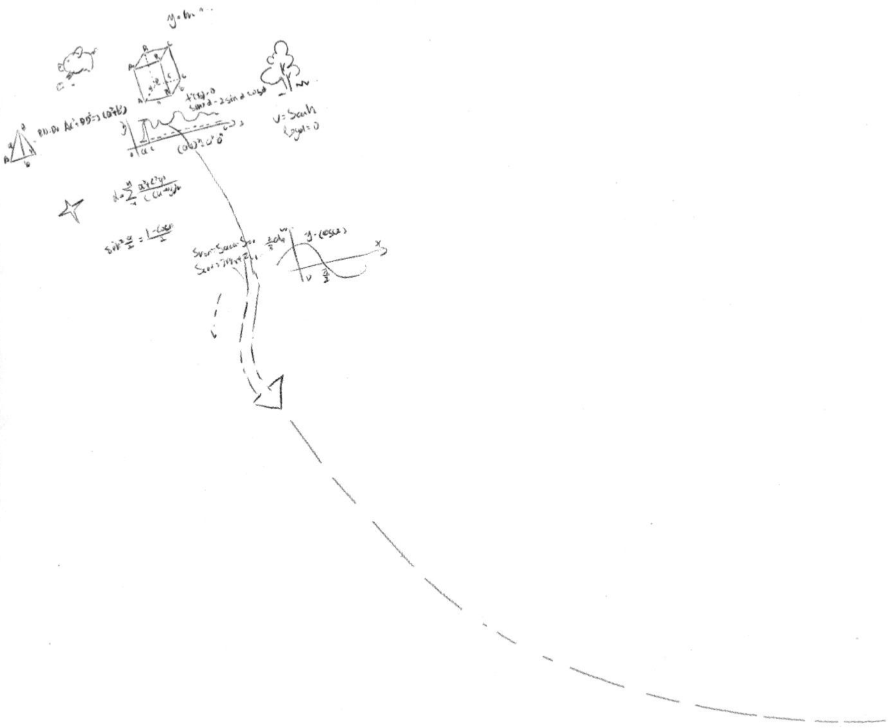

1 被叫到名字也不必惊慌

我不相信奇迹。虽然我也不认为人生是一条按图索骥的坦途，但如果不是发生了奇迹，又怎么解释现在所发生的这一切呢？

夏琳她竟然叫了我的名字。

“俊昊啊，等一下！”

就像这样。

她是因为有什么事才叫我的吧，那么我就用温柔的声线这样回答她吧：怎么了？有什么事啊，夏琳？

但是——

“哦，哦？”

我居然这样回应了她，而且声音还高得离谱。

这种事情我连想都没想过。一个从未和我说过话的女生居然叫出了我的名字，而且她只喊了我的“名”并没有带上姓氏，再加上这个女生还是赵夏琳。还有，是在这样的一个深夜。

我看着同学们吵吵嚷嚷地从门厅中涌了出来，而自行车停放点前只有我和夏琳两个人。

“你周六要做什么？周六也要去精读室吗？”

此刻还有很多教室没有关灯，在灯光的映照下，夏琳那双闪闪发光的大眼睛就这样清晰地在我的面前散发着光芒。

“周六要做什么？精读室？”

我像是傻了一样重复着夏琳的问题，不知道她究竟想要问什么。是在问我周六的日程吗？她为什么要问这个呢？

“对啊，你周六可以不去精读室吗？”

“这个吗，不去也可以，不过为什么呢？”

“如果不去精读室的话，要不要出来和我见面？”

我的耳朵真的没有出问题吗？突然之间全身都感到一阵酥麻，整个身体就像是被人插在插线板上一般，呼吸也变得急促起来。

“嗯，当然可以了，去哪里？几、几点见？”

夏琳看着我慌乱的样子笑了起来。她的牙齿白净又整齐，笑起来的时候就像是有一束光照进我的眼中，顿时让我感到头晕目眩。

在这样“猛烈的攻势”下，我的精神也恍惚了起来，我只记得我们交换了联系方式，又约定了见面的时间和地点。不一会儿，建宇走了过来，我便和夏琳挥手道了别。

我推着自行车和建宇一起走到了校门口，校门前挤满了晚自习结束后准备回家的同学们。从学校走出来的这一路上，建宇都不停地在我耳边说着什么，而我却根本没有心思听他唠叨。因为没能被选进精读室，建宇最近显得有些急躁，相比起以往，抱怨的话也多了起来。虽然我很想对他说：“唉，精读室里多难受啊，每次踏入精读室的大门我都感觉呼吸困难。”但又害怕这种话说出来会让建宇更加难过，所以话到了嘴边又被我咽了回去。刚刚和夏琳的对话是我们两个人的事，所以我也没有对建宇说，当然他的嘴巴一刻不停，我也实在插不上话。

我和建宇在公交车站道了别。他住在一站地以外的一栋公寓里，走路的话只需要15分钟，而我还要骑自行车回家。我把自行车停在了居住的小楼前，爬上楼梯按下了201号的密码。

“我回来了！”

正在客厅里玩游戏的叔叔连头都没回就朝我喊道。

“嗯？怎么忽然说起敬语来了？”

我没有回答而是径直走向浴室，快速洗完手后回到了房间，将书包随意扔在地上，然后躺在床上将自己摆成了一个“大”字。这一刻思绪才像海啸般向我涌来。发生了什么事？这都是真实的吗？

没错，是真实的。因为我收到了夏琳发来的“周六见”的确认短信。

赵夏琳是谁？她上初中的时候就在街上被星探选中成了练习生[①]，尽管不到一个月她就退出了训练。据说是因为仔细了解之后才知道，签约的那家企划公司还承接表演培训的工作，可是公司除了偶尔让她演一两个配角以外，很难再帮她接到其他的角色。而且她自己好像也没有信心，能坚持练习生那漫长的“魔鬼训练”。总之，随着这段经历在校园里流传开来，我的母校市民中学自然而然给予了夏琳“明星”式的待遇。

我兴奋得睡不着觉，躺在床上翻来覆去地看着手机，然后点进了她的SNS[②]，她的状态简介上这样写着：

斗城高中入学，激动，希望。

我还将夏琳上传的照片全部浏览了一遍。有天空的照片、小狗的照片和一些自拍照。她好像不怎么认真打理自己的SNS，但她的粉丝和每张照片下的“点赞”都非

① “练习生”是当下演艺娱乐圈里对正在培养中的新人的一种称呼，最早起源于日韩，是演艺公司挖掘新艺人的一种模式。

② 全称Social Networking Services，即“社交网站”或“社交网”。

常多。

这时手机嗡嗡地响了起来，提示我收到了新的短信。

——干什么呢？睡了吗？

是建宇，我马上给他打去了电话。

“这个时间居然问我睡没睡！怎么可能睡了！”

我大声地喊道，此时墙上向日葵挂钟指向了一点零五分。

“你听起来心情很不错的样子，发生什么事了？”

电话那头建宇不冷不热地说道。

“你觉得我会有什么事呢？嗯？建宇，你猜猜看。”

“凭什么？我为什么要猜？”

“那你为什么要给我发信息？”

“是啊，聪明伶俐的俊昊大人，我为什么要给你发信息呢？你也来猜猜看吧。”

“喂，我也不喜欢猜。我猜不着，你直接说吧。”

“也没什么，我本来已经躺下准备要睡了！忽然想起我今天好像看到了这样的场景，就是你和赵夏琳两个人站在一起，我没看错吧？你那时候和赵夏琳说了些什么？一秒钟都不许思考，马上回答我。”

我亲爱的朋友，金建宇！这么快就问到点子上了。是现在才想起当时那个场景吗？

我迅速地向他汇报了当时的情况。夏琳跟我搭话，然后约好了周六见面。

“喂！你为什么现在才说？”

建宇尖叫起来。我也没由来地高兴得哈哈大笑起来。

建宇和我有很多共同之处。我们俩都是“母胎单身”，全部都是“追自交”派。

追自交是指追求自然而然的相遇交往。而那些参加联谊或是在SNS上看到照片就向对方发送DM①，这样人为刻意的约见叫作“人见交”，这种随随便便就和不了解或者不认识的人见面的“人见交”并不符合我们的观念。建宇和我约定，宁可一直单身，也不放弃“追自交”精神。

“等等，夏琳约我出去见面的这种行为不就是‘人见交’吗？我和她之间唯一的联系就只有都是毕业于市民中

---

① DirectMessage，Twitter中的常用语法之一。在Twitter上，两个相互存在follow关系的人可以发送只有对方才能看到的私密信息。

学这一条了。”

“这应该不算吧，如果连这种情况都算是‘人见交’的话，那么‘追自交’不就没有活路了。这种程度应该算是广义上的‘追自交’吧。”

大概是被我兴奋的情绪给感染到了，建宇的声音也变得愉快起来。

我们一直聊到凌晨两点多才结束通话。我躺在床上反复思考着建宇说的那些话。

“你还是不要太过兴奋了，赵夏琳又没有跟你表白。就算是普通的初中同学，偶尔也是会相约出去见面的。”

这些话听起来虽然都像是玩笑话一般，但建宇他真不愧是我最好的朋友，如果不是他的这番话，我可能整晚都会沉浸在这种自作多情的情绪之中。

“那她真的只是单纯和我见一面吗？为什么呢？”

“反正我是不会约讨厌的人出来见面的，所以夏琳她可能也是对你有些好感的吧？”

我猛地从床上坐了起来，我当时说了什么来着？

“是啊，我是那种很容易就让别人产生好感的类型。”

早知道我那时候就应该再问问建宇，他说夏琳对我有好感是什么意思。建宇他为什么会说这种话？是夏琳对他说过些什么吗？可我为什么不知道呢？

结果我一整夜都没睡着，可内心却畅快舒适，身体也十分轻松。

吃完叔叔做的吐司后，我便出发向学校走去。我没骑自行车，今天忽然想要走路去学校。

我从住宅区所在的胡同走出来后，接着走进了公寓园区所在的大路上。大概因为现在还是3月初，尽管我穿着羽绒服，身上却仍然感到一丝凉意。马路上的公交车和汽车裹挟着清晨的冷风在我的身边呼啸而过。

我的思绪逐渐回到了自己还行走在路上的现实之中，原本兴奋的情绪也慢慢平静了下来，随着情绪的平复，我也冷静下来重新思考了一下。建宇昨天告诉我的那些事情中，有两件事是我不知道的。

第一，赵夏琳的人气并没有我想象的那么高。

“为什么？她的性格不好吗？”

“嗯，倒也不是因为性格，她，中学的时候不是得过厌食症吗？减肥减到这种程度的话还是有点……可怕对吧？”

“厌食症？那是什么？”我问道。

虽然我们毕业于同一所初中，但其实我对夏琳的了解也仅限于她“因为漂亮而出名”的这一件事。说来也是，我那时候暗恋着另外一个人。所以那时的我除了那个人谁都不关心，不管是赵夏琳还是其他什么人。

建宇向我解释了厌食症和骷髅人（非常瘦的人）的概念。不过虽然有很多人都在减肥，但夏琳她好像也没有他说的那么瘦。于是我断定这些应该都是那些喜欢造谣的同学们在诬陷她。

不过令人吃惊的是，这第二件事情是关于我的。

“有很多人欣赏你的，你不知道吗？每个学校不都有那种在大家口中人气很高的孩子吗，俊昊你就是那种类型啊。”

“嗯？我怎么一点都不知道。只有我不知道这件事吗？”

“嗯，只有你不知道。你本来就没什么眼力见吗？同学们说你很像那种网剧的主人公，就是那种即便长得不好看也可以做整部剧主角的人。”

虽然我已经猜到了原因，但内心还是感到有些苦涩。

绿灯亮了，我穿过人行横道。繁忙的街道上，早起上学的学生们匆匆地向学校门口走去，当然也有不少是从父母的轿车上下来的。悬挂在校门上的横幅随着清晨的风肆意地摆动着。

“欢迎来到人才培养的摇篮斗城高中！”

人才培养的摇篮？这句话读起来让人感觉既传统又复古。

上周我作为新生代表在学校入学典礼的讲台上进行宣誓。也就是说，我是以第一名的身份考入斗城高中的。

“喂，真不愧是医生的儿子啊！你以后想要成为什么样的人？”

“还能成为什么样的人？就是长成大人呗。”

我一边回答一边拍了拍叔叔的手臂。

“你不会想要成为史蒂夫·乔布斯那样的人吧？我哥也是这样，不过你爸爸他虽然学习很好，却从没拿过全校第一。”

“叔叔，你是吃了不少油腻的东西吧？所以一直在这里喝泡菜汤[①]？”

建宇说我“像网剧的主人公一样”大概就是因为我的这种家庭背景吧，一个拥有医生爸爸的模范生，还有着毫无攻击性的社会背景和外貌……但这些都只不过是我的表象。而那些喜欢我的同学，他们眼中看到的那个对象其实并不是真正的我。出现在他们眼中的都只不过是他们想象中自己期待和喜欢的形象。

其实我爸爸他并不是别人羡慕的那种医生。爸爸和大学期间在医疗服务社团认识的几个朋友一起建立了一家医院，之后就一直在那里工作。他和别人眼中那些赚钱的医生们相去甚远。爸爸曾为那些露宿者们进行免费诊疗，甚至还去内战地区做过医疗服务。

妈妈说爸爸就是做志愿者做上瘾了。他在外面为其他

① “喝泡菜汤”是韩语中的一句俗语，将“泡菜汤”比喻为对一些没有可能性的事情抱有期待，“喝泡菜汤”就是指对于没可能性的事情抱有期待的这种行为，即白日做梦。——译者注

人做好事的时候，妈妈就会像守护朝鲜的李舜臣[1]将军一样坚守在家中。从我上幼儿园的时候开始，妈妈就做过辅导老师、补习学院讲师等各种工作。

朋友和周围的人们经常会将我爸爸和电视或电影里的那种名利双收的医生画上等号。“我爸爸他挣不到多少钱。”每当我这样说的时候，我的那些朋友们都会摆出一副听不懂我在说什么的样子。

你问我尊敬爸爸吗？我也不知道。我甚至连讨厌爸爸的时间都没有，毕竟我始终都很想念那个不常出现在家里的爸爸。

爸爸既不后悔自己的人生选择，也不为自己的状态感到骄傲。他好像只是觉得做了应该做的事情。不过他却希望我的生活可以不要有太多的波澜，简简单单平静地生活就很不错。

“你平时工作也不必太勉强，周末去看看足球，听听演唱会，享受生活。为他人献身固然重要，但照顾好自己也很重要。”

---

① 注：朝鲜王朝中期武臣。

我开始对爸爸说这些话，是从他被诊断出癌症之后。爸爸那时正在与大肠癌Ⅲ期做斗争。去年做了手术，现在正住在忠清道进行抗癌治疗。一开始爸爸硬说自己手术做完了就没什么问题了，还要继续回去工作，不过后来勉强被妈妈和我说服了。“快停下你的工作吧，不如趁这个机会，我们回去过一过梦寐以求的乡村生活怎么样？”

我们还因为搬家这件事开了几次家庭会议。爸爸说他要自己一个人过去，他觉得需要有一个人留下来照顾我。不过我立刻果断地推了推妈妈，因为在我看来，需要照顾的是爸爸而不是我。我自己就能够照顾好自己，不需要他们担心。

最后，妈妈辞去了工作，和爸爸一起搬走了。他们两个人住在能够俯瞰江河的村庄，在那里种地、帮助邻居腌菜，还会一起炒芝麻，就像是新婚夫妇一样生活着。

我一个人留了下来。不，还有叔叔。叔叔他为了我搬到了斗城高中附近的两居室小楼内。我们就像是农场中相互观望的牛和鸡一样相处得十分融洽。

斗城高中半径2公里内有小型湖泊和图书馆，还有一座偶有青鼠跑来跑去的公园。因为这样良好的环境，再加上校内学生们卓越的高考成绩，斗城高中成了大家竞相追逐的名牌学校。在考上斗城高中的那一刻，建宇和我不知道有多开心，我们兴奋地在大街上转悠了好久。

不过现在看来，那天的记忆已经变成了遥远的“过去”。入学的第一天起我们就已经发现，这个学校的名气可不是随随便便就得来的。

虽然新生告示单上已经明确写了，入学当晚就开始实施晚自习的政策，但谁也不知道学校会不会真的这样做。

不过这种安逸状态带来的恐惧感马上就扼住了我的咽喉，就在入学仪式的当天，一大早学校就公布了被选入精读室的学生名单，据说从当晚开始，精读室就可以开放使用了，所以我想要在入学仪式结束之后就回家的计划泡汤了。

与此同时，我作为新生的激动和期待感也很快蒸发得一干二净。不论是在教室还是在卫生间里，我都多次听到了“张宗焕”这个名字。我原本以为学生们是在讨论要赢过某个班的谁，结果大家说的却是以准确预测斗城高中试题而闻名的高额补习学院的辅导老师。也就是说，如果你想要在他那里接受课外辅导的话，就得从小学开始排队等号才行。

“喂，我真的好担心啊。听说咱们班有几个没有申请晚自习的学生都是因为要去参加一等讲师的补习课程。这样看来，过去一周狂刷9部美剧的我到底算什么啊？”建宇忧心忡忡地说道。

我们当时正和几个初中同学在食堂里吃午饭。

我突然就被炸猪排给噎住了。也许大家的心情都差不多吧，每个人都带着不安的表情默默地吃饭。

“我上周一直待在房间里，把游戏打到了满级。”

“我们一直住在星际网吧。我认识的一个哥哥在那里打工，我们去那边玩的时候他都会特别照顾我们。”

“不过线下课是什么？”

“喂！你作为大韩民国的高中生连线下课都不知道吗？就是网课的反义词呗！”

“你以为他真的是不知道才问的吗？他这是因为听到一等讲师开设线下课的事情，导致精神崩溃才会在这里胡说八道的。”

“不过上晚自习的孩子少一点不是好事吗？学校对我

们的监督就不会那么严苛，这样说来不也挺好的吗？”

虽然大家嘻嘻哈哈地吵闹着，但每个人的表情都写满了苦涩。建宇放下勺子说自己没有胃口。

“我听说从斗城初中升入斗城高中的学生，基本都名列前茅。而从市民中学毕业的那些学生，他们的成绩基本上都被‘挤’到了排名表的边缘。学校也更看重从斗城初中毕业的学生，毕竟那些从市民中学毕业的前辈中，能够考上好大学的都屈指可数。”

“怪不得，他们总是装出一副了不起的样子。哎呀，从入学第一天开始就有人说我的发型很奇怪，这样看来他们应该都是斗城初中的孩子。”

“你的发型确实很奇怪，换家理发店吧。”

“不过俊昊可是我们市民中学的骄傲，他在这次摸底考试中考得非常好。方俊昊！继续努力！不要气馁。”建宇拍了拍我的肩膀说道。

下午我们听到传言说，斗城高中的自来水中含有会让人发疯的成分。因为每到晚自习的时候，全校第一就会莫名其妙地消失，后来有人发现他赤裸裸地在学校的楼顶上跳舞；还有被大家封为女神的学生居然有吃土的异食癖。而这些毫无根据的传闻，大家却当作“水里有毒”的证据。毕竟大家都觉得只要能够进入斗城高中，那么这个人至少不会是个疯子，所以他们会变成反社会人格或是孤僻大魔王这件事就绝不是偶然发生的。

我仿佛感觉到有一股奇怪又不安的气息围绕在我的周围。我很害怕，只是这种害怕的感觉并非来自那些奇怪的传闻。

那些没有申请晚自习的学生们，一下课便匆匆地离开了教室，校门前停满了等待着接送学生们的汽车。这些汽车要开去哪里？补习学院？还是高额的课外辅导班？

很明显，在这次的摸底考试中，其他学生们出现了失误，所以才会让我“捡了漏”成了第一名。也许下次考试……

从入学第一天开始，我和建宇的关系就产生了一丝微妙的尴尬。虽然我们还是一起上下学，像平常一样聊天，但我还是能够隐隐约约地感受到，建宇现在对我的态度中有着不同以往的情绪。我很清楚产生这种感觉的原因，却找不到什么解决的办法。

入学仪式一结束，升学部部长就念出了30个名字，这其中也包括我的名字，名单上都是被选入精读室的学生。据说，精读室里设置有24小时运转的空气净化器，室内还配备了昂贵的照明设施、按照人体工学设计的椅子，可以说是使用感最舒适的自习室了。能够进入本校精读室的30名新生，都是按照摸底考试成绩的顺序来选拔的。

“没有被叫到名字的学生如果也想进入精读室，就去下载申请书按照格式填写并提交。”作为1班班主任的升学部部长这样补充道。

有个孩子告诉我，制定这项政策是因为担心有人会向教育厅的学生人权委员会告发。虽然这项政策看似是给了每个学生进入精读室学习的机会，但自精读室成立以来，就没有一名学生提交过申请书。

到了晚自习的时间，我准备去精读室里学习。我拎着书包走出教室的时候，忽然感觉到剩下的学生们偷偷地在我的背后眨着眼睛。

就在我进入精读室的时候，升学部部长正抓着一个学生在说话。

“你要知道，你能进来全都是因为运气好。这都是因为有不少孩子都‘沉迷’去补习学院上课，所以你才有机会来这里自习。总之你是踩着线进来的，如果不想被赶出去，就好好努力学习吧。”

精读室就是这样一个地方。不论你是靠运气勉强考进来的，还是因为考试成绩堂堂正正进来的，在你成绩下降的那一刻，你就得收拾行李哪来哪去。如果3月份的模拟考试成绩不理想的话，我也有可能被赶出去。精读室的成员会根据3月份的模拟考试和期中考试成绩的综合评价进行更换，然后根据6月份的模拟考试和期末考试成绩再进行一次更换。

进入精读室，我的心情变得十分复杂。“我是绝对不会离开这里的，无论如何我都要坚守住自己的位置。”我在心里暗暗下了决心。但不知道是不是因为不安感太过强烈，学习的效果却不太理想。我的心情十分郁闷，就连旁边座位上那个学生的呼吸声都让我感到紧张。

有些学生即便是成绩很好也不来精读室学习。我的幼儿园、小学同学，2班的闵炳瑞就是这种情况，因为他下课之后马上就要去接受课外辅导了。但大部分孩子对于精读室还是十分憧憬的，大家削尖了脑袋都想进来。

建宇考了第几名呢？我猜他应该是进不来的。我第一次在精读室上完晚自习出来时，建宇就站在外面等着我。我真的1秒钟都没法再忍受这种沉默了，那天直到走出校门建宇都没有和我说过一句话。

“建宇他只要好好考模拟考试和期中考试，就可以进入精读室了，这样一来，我们就可以并排坐在一起学习了。”

虽然我是怀着这样的心情坚守在精读室中的……但谁又能保证我到了那个时候还会一直在这里呢？

爸爸患上癌症之后，家里的情况明显变得困难起来。因为失去了稳定的收入，而支出却又增加了。我们现在需要支付奶奶在疗养院的费用和爸爸治疗的费用，所以我才和父母说，自己不上补习学院也没关系。可这样的我，真的能够和那些参加高额课外辅导或是听一等讲师课程的孩子们竞争吗？

夏琳却在这种情况下和我搭话了。这对于被困在各种苦恼中即将崩溃的我来说，简直就像是一汪救命的清泉。

虽然我已经做好了整个高中时期都会沉浸在卑微、残酷、疲惫状态中的思想准备，但此刻我甚至产生了这里也许会成为“我的天堂”的想法。

2

应对强风

半夜窗户一直哐啷哐啷地响，让人无法入睡。据说已经发布了强风预警，看那气势真不是闹着玩的。

早晨的时候风力虽然有所减弱，但不知道为什么我还是有些害怕，所以决定步行前往学校。上学的道路被昨晚的强风吹得乱七八糟，地面上撒满了黑色塑料袋、塑料碗、掉落的树枝，整条街道一片狼藉。学生们躲避地上脏污的样子就像是在踩着石头过小溪一样。我像往常一样穿过校门走进学校，学校里很干净，像是有人一早就来打扫了。

警卫叔叔将梯子搬到了操场的另一端，他在梯子上整理着被风撕裂的足球网。有一个学生站在下方帮他扶着梯子，不过梯子实在太大了，看上去十分危险。我是不是应该过去帮帮忙？正在我犹豫的时候，忽然有人拍了拍我的胳膊。是赵夏琳，被她拍到的地方感觉痒痒的。

“你好！”

夏琳眼中带笑地向我打招呼。

“啊，你好。”

现在该说些什么呢？

但我和夏琳什么也没说，就这样向前走了几步。

“喂！赵夏琳！你没听见我叫你吗？”

这时有个女孩跑过来，抓住夏琳的胳膊笑了起来。夏琳一见到那个女孩就笑嘻嘻地跳了起来，她们两个看起来挺亲近的。

三个人一起走，感觉很尴尬，于是我向夏琳打了个招呼准备先走，她也对我挥了挥手。

我大步地向足球门柱的方向跑去，等我跑到的时候球门也正巧修好了，警卫叔叔从梯子上走了下来。我也没什么事情可做，就想去帮忙拿梯子。警卫叔叔笑着对我说："不用了，我自己拿过去就行了！"扶着梯子的学生也朝我这边看了过来，原来是个女同学。我又帮不上什么忙，继续站在旁边也有点不太好意思，所以我难为情地一溜烟向教学楼玄关处跑去。

我径直走向了教室。不论是早自习还是晚自习，我都不想待在精读室里。还是教室的氛围让我觉得更加舒服。

中午我和建宇一起吃了午饭，虽然我们被分到了不同的班级，但其他的时候我们仍旧会聚在一起——除了去精读室的时候。

吃过饭后，我们散着步，朝着学校后山的方向走去，这时传来一阵欢快的音乐声。"Stupid stupid stupid，此刻你离我太过遥远，快来吧，baby请将我带离这坟墓。"

在歌曲的引导下我和建宇很自然地朝那个方向走去，有五个人正伴随着歌声跳起舞来。啊，这是学校的"周三舞台"啊！

据说，每周三中午在中央大厅会举行小型演出，这是斗城高中长久以来的传统。学校还在宣传网站上上传了乐队部、舞蹈部和器乐部的表演视频。当初看视频的时候我并没有什么感觉，但实际来到现场看他们的表演时，觉得真是太帅了。

建宇和我马上就融入场下的20名观众之中，大家又是拍手又是跟着一起跳舞，热烈地回应着台上的表演。我也兴奋地高举双手跟着打起拍子。当那些从没听过的旋律响起时，身为舞痴的我也不由自主地跟着节奏耸动起肩膀来。

演出一结束，四处都传来了安可[①]邀请的声音。我和建宇也一边鼓掌一边跟着大声喊了起来。

不过，就这样仔细观察下来，我忽然发现站在最左边跳舞的那个女孩十分眼熟。她是谁呢？我想了半天才终于想起来。她就是早晨在操场上帮警卫叔叔扶梯子的那个学生。不知怎么的，我突然莫名其妙地高兴起来。

星期三、星期四、星期五都过去了，终于等到了星期

① “Encore”的音译，名词的意思是要求再唱一首。——译者注

六的早晨。

我比约定的时间更早出门，站在地铁站5号出口的手机卖场前等待着夏琳。我一直以为自己的心情会紧张到飞起来，可随着约定的时间越来越近，我的心却渐渐开始变得淡然。一旁的玻璃窗上倒映出我的样子：轻型的羽绒服和去年买的牛仔裤，看起来有一点寒酸。因为实在找不到更为合适的衣服，毕竟我现在连购物的时间都没有了。我其实也有考虑过要不要去借叔叔的衣服来穿，但一想到自己开口时可能表现出来的尴尬窘态，就再也无法说出口了。

这时，我手中的手机振动了起来，是建宇。

“怎么了？”

我接起电话问道。

“看来你这是在外面啊？”

“嗯，怎么了？”

“你准备参加哪个社团？有想好要去哪儿吗？”

“还没有，怎么了？”

“你那边实在是太吵了。啊，对了！你今天是要和赵夏琳见面吧？”

“嗯，所以我现在很忙。你有什么事就说，打电话来干吗？”

“我昨天熬夜思考了许久，打算报名参加核心社团。你也一起来吧。”

“不是明天之前提交申请书就行了嘛。”

“嗯，所以我早上就给那边打过电话了。核心你知道吧？我听说闵炳瑞他也报名了。这竞争可不是闹着玩的，所以才要抓紧时间填写申请书。”

“知道了，知道了。我晚点给你回电话。”

我连建宇的回答都没来得及听，就匆忙地挂断了电话。因为夏琳此刻正从公交车站那边看过来。我朝她挥了挥手，她也一边挥手一边慢慢向我走来。

这是我平生第一次和女孩单独在一起。我知道这种话一说出口，马上就会有数以百计夹杂着吐沫和嘲讽的话向我袭来。你每天就只知道学习吗？怪不得，看起来就像个书呆子！你这17年到底都在做什么？

还能做什么？不就是活下去。即使没有交过女性朋友，哪怕连一次暧昧都没有过，我也还是过得很好，我的生活里也不是只有学习。除了学习，我还会踢足球、听音乐、看书、看漫画、写日记、玩游戏等。只不过我从幼儿园毕业之后，就无时无刻不沉浸在暗恋某人的状态之中。是的，我就是凭借着这股单恋的力量坚持过完我现在的人生。

从进入小学的那一瞬间我就领悟到，这世界就是一座丛林，而我就是被扔到丛林中的小狮子。但现在我才明白，我也不一定是狮子。谁知道我是不是一匹一生都在奔波逃跑的斑马呢？

上小学之后，大家就开始去补习学院了，补习学院也是根据每个人的水平进行分班授课的。这倒是理所当然的事情，毕竟这是每个学校一直以来的“传统”。孩子们也是从这个年纪开始结交起自己的“小团体”，他们有时候就像是魔鬼一样，四处寻找那些看似脆弱的孩子，然后折磨他们。

对于我来说，成绩就变成了在这个世界中，我能够给到自己的最基本的保险。就像是斑马一样，为了能够逃离天敌的魔爪，进化出又长又结实的腿。如果我连好成绩都没有了的话，就会成为同学们寻找的那个弱小又好欺负的目标。

至于我为什么会不断地去喜欢某个人，原因就是，如果说成绩是我的保险，那么喜欢某个人的心情就是让我活下去的动力和快乐的源泉。只要有我喜欢的人在，就连教室也变得十分美好，以至于想要去那个人所在的学校学习。当然这种喜爱一直以来都仅限于我的单恋，双向奔赴什么的从未在我的身上发生过。或者说，相比于互相喜欢，我更享受这种暗暗喜欢别人的状态。

夏琳说她想去弘大[①]，于是我们一起乘坐地铁前往。尽管是休息日的上午，但地铁上还是有不少人。我们并排站着聊天，聊天的内容有班主任、班长选举，还有天气等话题。不过这期间主要都是夏琳在说，我只是偶尔附和点点头。

我们在一个完全陌生的站点下了地铁。不，确切地说是只有我一个人觉得陌生。因为夏琳她十分自然地行走在开着漂亮的咖啡厅、餐厅、服装店的街道上。道路一旁的

① 韩国弘益大学简称“弘大”，是韩国首尔有名的私立综合大学。

空地上还有人正在准备进行街头表演。

“你要不要看街头表演？”

我看着那边正坐在椅子上调试吉他的音乐人说道，此时路上想要看表演的人也陆续聚集了起来。

“我饿了。”夏琳看都没看直接说道。

即便我对街头表演再怎么好奇，此刻面对她也没有办法。如果这时是建宇说他饿了，那我一定会说：“喂，等我看完表演再去！你先忍一忍吧。”可惜我现在还没法这么随意地和夏琳说话。算了，反正我也饿了。

我们去了街区之外的一家意大利面连锁店。

夏琳拿着菜单问道：“你想吃什么？”

我告诉她自己随便吃什么都可以。虽然我听说“随便”这个词在约会礼仪中并不讨喜，但我是真的吃什么都无所谓。我们点了蒜香橄榄油意大利面和面包奶油意大利面。

“话说，这个世界上我最不能理解的就是吃播了。看别人吃东西那么有意思吗？”夏琳一边端起桌上的水杯一边说道。

虽然她的声音很低，但还是有一些人一直朝我们这边瞥。不，准确地说，他们并不是在看我们，而是在看夏琳一个人。

从刚刚开始就这样了，无论是在地铁里还是在街道上，夏琳都在吸引着人们的目光。不过她好像也已经习惯了这种来自他人的关注，她看起来似乎并不怎么在意这些。

“大概是我对吃东西这件事情比较有压力吧？事实上我从来都没吃过五花肉，因为怕长胖。”

对于一次都没吃过五花肉这种话，我实在是不知道该怎么回答。我含含糊糊地点了点头，然后漫无目的地看向对面。就在这时，坐在窗边的男人忽然和我对视了一下。从我们进入餐厅的那一刻开始，他就一直在注意我们。其他的人都是瞥一眼夏琳然后赶忙收回视线，继续吃着摆在各自面前的食物，而那个男人则是一直盯着我们的座位，特别是我坐着的方向。

其实，我们来的这一路上遇见了很多这样的人。他们都是看看夏琳再瞥一眼旁边的我，然后嗤嗤地笑起来。

这是为什么？细想之下我很快就明白了，他们这是在评价我——

“这两个人真是不搭啊。”

“这么漂亮的孩子为什么会和这种男生在一起呢？”

“这难道不是艺人和经纪人吗？”

“看起来像是美女和野兽一样。”

我当然长得不像野兽，很想对那些明目张胆地偷窥我的人说——

“为什么要这样盯着别人看？是不是太没礼貌了？”

可我却根本没法和他们计较。生活中真的会有这么多没由来的目光注视着我们吗？今天和夏琳走在一起，我才明白了自己总是畏缩不前的原因。

此时，我们点的面上桌了。夏琳将意大利面的盘子放在桌子中间，我们商量好各自盛在小碟子里分着吃。

“看起来好好吃！”

她举着叉子，说话时双眼闪闪发光。她用叉子将面条一点一点地卷起来放进嘴里，慢慢地细细咀嚼。虽然意面的味道很一般，但因为夏琳吃得很慢，所以显得我似乎很喜欢意面，并且吃得很快的样子。

“再这样下去，面就要被我一个人吃光了。”

我看着逐渐露出的盘底说道。

“没关系，我已经吃饱了。果然吃到灵魂食物之后，就会忍不住想要呜呼地喊出来。”夏琳挺直上身说，同时放下了叉子。

她会频繁地使用肢体语言和丰富的表情来表达自己的意思。这是我今天才知道的。

“意大利面是你的灵魂食物吗？”

“嗯，不过我是最近才开始能像这样吃东西的。我啊，其实不久前还患有厌食症。你听过这种病吗？简单来说就是减肥减到死。我那时候十分讨厌食物进入我的体内。所以每天都只补充水和盐分，头发也是大把大把地掉。医生都说我要是再这样饿下去就会死掉的。”

“那真是要出大事了……你现在怎么样了？”

“现在已经没事了。我现在已经‘脱胎换骨’了，不过当人们对我的脸和身材指指点点的时候，我就会有种丧失意志力的感觉，会有一点力不从心。”

对于夏琳说的这些，我只是默默地点了点头。原来建宇说的都是真的啊。这时我又想起中学时是有一些同学对夏琳很不友好，总是在背后嘀嘀咕咕地议论她。这样看来夏琳她似乎真的很需要安慰。

我们结完账出来走在街上，夏琳在咖啡馆前停下了脚步，说是想要买点饮料作为餐后甜点。我点了草莓冰沙，她点了冰柠檬茶。

我们将吸管插进一次性饮料杯，一边喝一边缓缓地向地铁站走去。我觉得边走边吃东西很麻烦，所以迅速地将自己的饮料都喝光，然后拿着空杯子沿路寻找着垃圾桶。

歌声飘满了整座街道，这声音是从我们刚刚经过的那片空地上传来的。就在吃饭的这段时间，表演场地周围已经聚集了很多观众，场上的气氛也变得十分热烈。今天出来连看街头表演的时间都没有，让我觉得有些遗憾。不过夏琳似乎对街头表演并不感兴趣。

听说夏琳常去的那间教会，每周六都会举行英语圣经阅读会。我们在社区的地铁站分开，所谓的第一次“约会”也就这样平淡地结束了。不过这真的算是约会吗？我要不要去“追自交”社区里发帖子问问？这算是约会吗？

回到家里洗手的时候，我看着镜子里的自己感觉真是够呛。镜子里我放松下来的样子看起来活像是个僵尸。

回到房间后，我连衣服都没换就直接躺在了床上，顿时一股倦意袭来。我不知道自己睡得到底有多沉，醒来的时候周围已经变得漆黑一片。我看了看手机，夏琳给我发来了信息。

——在去教堂的路上！

一张以晚霞为背景的夏琳自拍照也同时映入眼帘。真漂亮啊。夏琳的头像也换了，用的是我们今天一起吃的意大利面的照片。

——照片拍得真不错！我今天很开心，嘿嘿。

——我也是，哈哈哈，你明天做什么？

——明天约好和建宇见面，一起商量社团的事情。

——我要去学校了。积压了好多学习任务，你要是无聊的话就联系我吧，哈哈。

——好吧，嘿嘿。

——周一要一起吃午饭吗？

——好的！

我们的聊天到这里就结束了。说什么约好和建宇见面都是骗人的。不过我确实计划要和建宇见一面。今天上午提到的关于加入核心社团的事情需要见面聊一聊。想起这件事之后，我马上就给建宇打了电话。

“约会还顺利吗？”建宇问道。

“就那样吧……之前挂了你的电话，对不起。不过你真的要进核心社团吗？我听说那里面很辛苦的样子？”

“是吗？原来我们俊昊是想加入那种不用费力的社团啊？不要有这种想法。”建宇酷酷地说道。

“不，不是的。我想进核心社团。咱们好好填写志愿书，一定都要通过。”

我也爽快地答应了。因为建宇看起来非常想要加入，所以我也无条件地想要和他一起。毕竟精读室让我们之间的关系产生了一丝微妙的分裂感，我的直觉认为社团应该可以让我们的关系重新变得紧密起来。

而且说实话我只是之前没有想过这些问题而已，事实上我也很想加入时事讨论的核心社团。说起核心社团的成员，不知为何全都非常聪明，那些社团前辈们在升入大学之后，业绩也依旧十分出色。也许正因为这样，加入社团的流程才异常烦琐，社团的竞争也非常大。

想要加入核心社团，就必须提交摸底考试的成绩单、自我介绍和一篇读后感。社团今年选定的图书书目是迈克尔·桑德尔的《公正》、阿道司·赫胥黎的《美丽新世界》和詹姆斯·沃森的《双螺旋》。

“啊，不过真的要让我们读这些书然后写读后感吗？我们现在又不是在完成什么大学生的课题。”

“反正就是复制粘贴嘛。喂！我们这些刚刚初中毕业的孩子懂些什么啊？就是不懂装懂做做样子而已。还有那些给读后感打分的前辈们，他们能够看懂这么难的书吗？”

“前辈们应该能够看懂吧？而且我听说有很多学生都在上昂贵的论述补习班呢。那些人应该很会写这种东西吧？”

“也对，毕竟是花高价补习过的，但我们也不能就此气馁。喂，方俊昊。你要相信我，我是谁啊？我可是你尊敬又爱戴的好兄弟啊。而且我初中那会儿书都没有看完就写了读后感，之后不是还获过奖呢。这时候就需要用到我们集体的智慧了！咱们明天见一面然后把这些东西全都摘定。”

建宇开始吹起牛皮来，真不愧是他。听到他的话，我也不由自主地充满了信心。虽然建宇因为精读室落选的事情沮丧了一些日子，但他并不会因此而辜负往后的快乐时光。

初中时，建宇在学校只穿运动服。

“你为什么没穿校服？”

听到老师的问话，建宇答道：“今天有体育课，所以我懒得再换衣服了。”

每当建宇用这种狡猾的理由狡辩时，老师们就会对他一笑置之。对于快乐积极的建宇来说，学校里根本就没有严厉的老师。而且如果同样的问题是其他的孩子来问他的话，建宇还会给出不同的回答。

“这是我的风格！”

蓬松凌乱的发型，堆满青春痘的脸庞，走路时摇摇晃晃的步伐，乍一看建宇就像是武侠电影里的乞丐一样。

“用复古的衣着，彰显我睿智洒脱的风格。”

他大言不惭地说道，一些孩子听后扑哧地笑了出来。

建宇为自己制定了一个人设，并按照这个设定生活着。

而如此自由潇洒的建宇在进入高中的那一刻起也变得端正起来。在入学仪式的当天，他也梳起了能够增添信赖感的二八分。

当被问及是否改变了风格时，建宇只是默默地摇了摇头。其实不只是建宇，每一个从市民中学毕业的学生在来到斗城高中后气势都有所减弱。

“嗯，我听说斗城中学的孩子们都很厉害，就连他们的父母也非常的厉害……所以我们还能怎么办？即使是被困在这样的环境中，我们也还是要努力奋斗啊。”

建宇眨着眼睛冲我点了点头，像个小大人一样。

星期天我和建宇约在社区的图书馆见面。因为我们俩中途需要相互交流意见，所以就没有去阅览室，而是坐在图书馆大厅整理材料。

关于这次读后感的书目，我选择了《公正》，建宇选择了《双螺旋》。他跟我说从核心社团追求融合性思维方式的整体氛围来看，选择《双螺旋》这本书似乎更有利一些。而我之所以选择《公正》，是因为我对这本书比较熟悉。我最近都沉迷于房间的书柜中那些爸爸收藏的书，爸爸以前也和我提过这本书。

“呀，跟你在一起我的写作效率都大大提高了。看看！是不是很厉害？”

建宇将笔记本电脑推到我的面前。我们俩见面还不到一个小时，建宇的读后感就已经写满了两张A4纸。

“你是不是事先在家里写好然后拿到这里修改的？怎么这么快就写了那么多？”

“不，我只要看到俊昊你就会受到‘刺激’。喂！我们以后一起学习吧……不管怎样，只要能一起做的事情咱们都一起做吧。”建宇笑着说道。

接着建宇告诉了我一些写读后感的要领。具体而言，就是先参照那些评论家和记者写的相关文章，这样一来就能大致了解全书的整体中心思想了。建宇果然很厉害。我的成绩虽然更好点，但建宇的爆发力却总是很出众。

他给出的建议非常实用。我只读了几篇文章，就已经想好该怎么写了。这要是我自己一个人在家写的话，恐怕到现在都还不知道怎么下笔呢。

就在我写完读后感的时候，建宇已经在写自我介绍了。

“噢，写得真不错！但就算是复制粘贴也还是要加入你个人的想法。”建宇读了我的文章后说道。

后来，我们提交了加入社团的申请书。

天气变暖了，人们走在街道上享受着难得的周末时光。我们一直到下午才从图书馆出来，向公交车站走去。建宇说他这次报名的综合补习学院周日有特别讲座。

“不过你星期天不去约会吗？”建宇问道。

“昨天不是见过面了吗？”

“嗯？看样子是还没有开始交往呢？要是交往了的话就会每天都想要见面的。”

“交往什么交往啊。喂，而且你也没有交过女朋友啊。”

“像我这样的暖男原本就很会管理‘鱼塘’的。”

建宇的发言实在是令人无语，引得我笑出声来。

“和夏琳约会感觉怎么样？”

“我也说不清楚。我们见面后除了吃饭什么都没做。”

“什么都没做吗？那除了吃饭还做了什么？嗯？做了

什么？快回答我！干什么了？”建宇微微眯着眼睛拍着我问道。

“就只是说话而已，但其实也没怎么说话。不是吗？……我也不太清楚。看来我对这件事还是太过于期待了。”

“期待越大，失望也会越大，这种事不能着急。两个人原本就应该慢慢了解才好啊！”

听到建宇这一番自以为是的论断，我又笑了起来。建宇也跟着哈哈大笑起来。

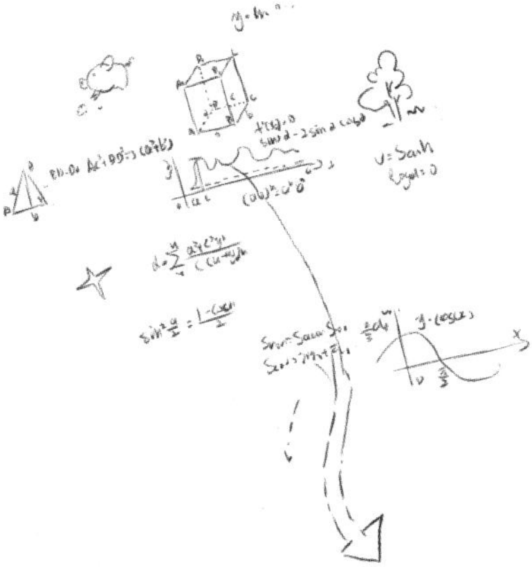

3 反派登场也毫不动摇

我们最终还是被选入了核心社团。初试合格之后，我还和建宇一起准备了面试，最后我们两个人全都通过了选拔。我简直高兴得要跳起来了。感觉自己在这所学校中有了一个坚实的后盾，好像现在才终于可以扎根于这所学校似的。

核心社团此次一共招收了九名新生，而市民中学出身的只有建宇和我两个人。社团的前辈们看起来都十分严厉，令人生畏，不过这也没什么关系。毕竟这世界上不只生活着和蔼可亲的人。除了考试期间，社团会每两周举行一次讨论活动，有讨论课题的时候则一周聚集一次。

春天就在这不知不觉间悄然来临了。清晨上学的路上我会惬意地欣赏一下刚开的迎春花，偶尔也会和夏琳一起吃午饭。

夏琳经常发各种照片和短信给我，我每次都会用心地回复她。但怎么说呢，我们俩的关系只是亲近了一些，现在的状态既不像是在交往，也不像是普通朋友间的相处，是那种模棱两可的关系。大概是我做错了什么吧，真讨厌。

社团的第一次聚会主要是以前辈们为主导。我觉得前辈们说起话来都很厉害，就像是在收看《100分钟讨论》的节目一样。这期间建宇因为插了一句话被骂得狗血淋头，之后他就一直默默地坐在一边不再出声。因为今天是社团活动的第一天，新生们大多都只是静静地旁观，除了一个人。

卢侑彬这个孩子即使在前辈面前也毫不畏缩。但我总觉得她看起来很眼熟，是在哪儿见过呢？我们是同一所小学毕业的吗？我一直在想这件事，休息的时候建宇终于揭开了侑彬身份的谜团。

“你，难道！没错吧？哇，天啊！”建宇耸动着肩膀说道。

建宇跳舞的样子逗得侑彬哈哈大笑。就在那一瞬间我也想起来了。没错，侑彬是周三表演时在舞台上跳舞的孩子，就是帮警卫叔叔扶梯子的那个孩子。

“喂，很高兴认识你。你上次在操场上……”

我也装出一副豁然开朗的样子。但是，说话时却像个傻子一样吞吞吐吐的。不过侑彬似乎全都听懂了，笑着说：“嗯，认识你很高兴。”

我对社团的第一印象还不错。前辈们之间的讨论让我听得津津有味，那些一开始让我们感到害怕的前辈们，到了休息时间也变得温和起来。那些和我同期招入的新生们也让我很满意。即便每个人的内心都难免有些紧张，但毕竟大家都是在众多竞争者中脱颖而出的，除了一些在休息时间也一言不发默默看书的人外，多数人都还亲切地相互打着招呼，整体的氛围还算惬意。再说卢侑彬和我们又聊得来。

几天后，我和夏琳一起在食堂吃午饭时，有人过来拍了拍我的肩膀。

“喂，你吃完饭以后来找我一下。”是闵炳瑞。

炳瑞一边说着一边偷瞄了一眼夏琳，然后就直接离开了食堂。我被他搞得一头雾水。

3月的模拟考试中闵炳瑞得到了满分，他和我是同一所幼儿园毕业的，后来又上了同一所小学。小时候我和炳瑞因为双方妈妈的关系很好，所以我们经常在一起玩。自从炳瑞的妈妈去了加拿大之后，我们又各自上了不同的中学，两人的关系也就逐渐疏远了。再后来就是在社团面试的时候见过他一次。

炳瑞落选了，得知这个消息后我的心情忽然变得特别好。

其他那些孩子和老师们都经常公开表示，代表新生在入学仪式上进行宣誓的不应该是我方俊昊，而应该是斗城中学出身的闵炳瑞，炳瑞肯定是在摸底考试的时候失误了。这样的话我已经不知道听过多少了。虽然我知道自己并没有做错什么，但总感觉像是犯了什么错一样。

几天前我在食堂里还听见几个女孩子这样的对话。

“你喜欢闵炳瑞？”

"嗯，他完全是我喜欢的类型！"

"也是，闵炳瑞简直就是大神级别的人物，究竟还有什么是他不会的啊？"

"我的意思是！他模拟考试是全校第一，又很会说话，性格也是一如既往地好。"

同学们基本上都是这样评价闵炳瑞的。都说他是学习好、性格好、家世好的暖男，没有人比他更适合"第一名"的这个头衔。

委屈、嫉妒还有愤怒就像是细小的尘埃一般逐渐侵袭了我的心。闵炳瑞居然能够获得这些好名声，这个世界真的是疯了。比任何人都清楚闵炳瑞本质的我，真想写一篇文章发在学校的网络社区里。全校第一就行了吗？父母都很有钱就了不起吗？外貌就能代表全部吗？

吃过午饭后我来到了操场。炳瑞正被自己班里的同学们围住，一群人正欢快地聊着些什么，炳瑞看到我后便挥着手朝我走了过来。

"我报名核心社团纯粹就是为了玩玩。我，去综合医院做义工了。这可是考取医科大学必备的条件。你呢？准备去哪里进行社会志愿服务？”炳瑞问道。

他的这番话让我觉得既荒唐又莫名其妙，所以也只能敷衍地回应了他一下。

“真不错，你居然还参加了难度这么高的综合医院志愿服务。我想要去的几个志愿服务地点都落选了，我想再去申请一下博物馆的志愿服务。不过你就是为了问这个才叫我出来的吗？”

“博物馆？你想去那种地方做志愿服务吗？想要报考医科大学的话就必须去医院做志愿服务。前几年有个获得全校第一的前辈报考医科大学落选了，结果相较而言专业成绩并不那么突出的全校第五名却入围了。”

他把我叫出来就是为了在我面前炫耀的吗？虽然我们小时候关系很好，但现下我们这种关系再说这些好像不太合适了吧？我的心情一下子变得很差。

“你和我说这些干吗？你知道什么？”

“你不是要考医科大学吗？我是担心你不知道才问的，这不是想帮你打听打听医院志愿服务的事嘛。”

他在综合医院进行志愿活动是事实。炳瑞的父亲身为医生却每周末都去打高尔夫球的理由之一就是经营人脉。

他的志愿服务也不过是靠父亲的人脉得来的。说什么报名核心社团只不过是玩玩的根本就是谎话。开玩笑，这怎么可能？不过是因为社团落选了他才这么说的。

“谢谢你，不过还是算了。我不想考什么医科大学。”

听了我的话炳瑞摇了摇头。他的表情就像是在说，你怎么会不想考医科大学呢？也对，这件事确实让人有点难以理解。闵炳瑞从小就是这样，他觉得自己认知内的世界就是这个世界的全部，从来不会去想这世界还有另外的一面。

“如果你想说的都说完了的话，我是不是可以回去了？”

“那个丁满[①]还在你那里吧？”

简直是莫名其妙，他这话又是什么意思？

“丁满？什么意思？”

“就是你上幼儿园时我送你的生日礼物，把那个丁满还给我。”

---

① 丁满：电影《狮子王》中的角色。

他这是说什么呢？

“我最近重新迷上了狮子王，但韩国的玩具店里没有那种玩偶。你知道的吧？那个玩偶是我去美国旅行的时候，在迪斯尼乐园花50美元买的。”

哇，我现在是在和5岁的闵炳瑞说话吗？我感觉继续这样跟他纠缠下去准没什么好事。

“不在了，都这么长时间了，我怎么可能还留着那个玩偶呢？”

我丢下这句话就转身向后走去。

“那你就救救我吧。要么去美国买一个回来，要么从网上直邮一个回来，反正我绝对不能没有丁满。辛巴、娜娜还有彭彭都跟我说，丁满不在让它们觉得很孤单，你得把丁满还给我。”炳瑞跟在我后面喊道。

他可真是个值得科学研究的对象。我真希望有谁能写一篇关于“学习能力在前0.1%的学生未成熟人格研究”的论文。一旦开始和他纠缠起来的话，他就会没完没了地耍起赖来，就和他小时候一样。斗城高中的同学们还不知道这小子这么幼稚。

其实有段时间我也想过要成为医生。虽然我没有自信像爸爸那样生活，但想成为一名乡村医院的医生，就是那种能够给予村民们便利的医生。在能看到大海的医院院子里种上土豆、黄瓜、马齿苋和向日葵。而在这之前，我的梦想是成为一头虎鲸。之所以会有这个梦想是因为我小时候看过一本画册。直到现在每当我看到在大海中自由自在的虎鲸时仍旧会感到心跳加速。所以医生这个梦想就和想要成为虎鲸一样，变成了尘封在日记本中的模糊回忆。

“你说最近吗？我最近对历史产生了兴趣。去年看纪录片的时候，我忽然发觉历史是门非常有趣的学科。”

“历史系也不错啊！我每次看到那种讲述古人生活的历史故事时都觉得很兴奋。怎么说呢，就像是在进行一场跨越时空的交流。”叔叔说道。

“爸爸也说过同样的话，倒是妈妈有点担心这个专业不太好找工作。”

“喂！我说这钱固然重要，但人仅仅依靠面包也是没法生存的。中国不是有一位叫鲁迅的名人吗？他是作家。我听说鲁迅原来就是学医的，但当他看到自己的同胞遭受处决，其他的同胞却在一旁围观的时候，他便决定从此放弃医学成为一名作家。也就是说，精神上的健康比身体上的健康更为重要。总之，文学、历史学、哲学都是人类不可缺少的文化。我觉得像你这样聪明的孩子应该去学习这样的知识。”叔叔说道，言语中带着愉悦。

真是万幸。有了叔叔的支持，我也振作了起来。

“我明天要早点去上班，要不要顺路带你去学校？”

“不用，我想自己走过去。”

“怎么了？连自行车都不骑了？”

“就是想走走路。”

这是事实，我最近经常走路上下学。像这样在路上走着走着，原本凌乱的思绪就会慢慢被梳理清晰。

虽然我早已经做好了心理准备，但从没想过高中生活会是现在这番景象。

每天忙到连呼吸都是一种奢侈。周末会比平时更忙，上午要去图书馆做志愿服务，下午要参加核心社团的讨论会议。原本我是想去博物馆做志愿服务的，可那边根本就没有名额，之后申请的疗养医院和养老院的志愿服务也都落选了。我实在无法想象在这样高负荷生活的状态下，还要去补习学院的情景，那些孩子难道是铁人吗？我忽然觉得肩膀沉重，一种不安之感像是影子一样紧紧跟随着我。

大部分的科目基本上都确定了期中考试的范围。高中生活其实可以看作由考试堆砌起来的3年。而这次的期中考试对我尤为重要，因为3月份的模拟考试也让我搞砸了，如果连这次期中考试都没考好的话，我就会被赶出精读室。这样看来我能获得摸底考试的第一名真的是因为运气好。

晚自习结束后，大家都从教学楼里走了出来，此刻路灯下落满了白色的樱花。不，我眼中看到的可并不是这些春日的花朵，吸引我注意力的是那些坐在长椅上的学生们。学生们以樱花为背景互相拍着照片，还有些学生靠在一起自拍。

也是，如此紧张的氛围，除了与某人交换情谊，我们还能从什么地方得到安慰呢？只能通过关注一些没具体结果的事情，来缓解漫长的考生生活带来的压抑了。这其中就包括交友、追星等。

我和夏琳的关系到现在也没有多大进展。我们依旧时常互发短信，也经常一起吃午饭，但我到现在也不能确定自己到底喜不喜欢夏琳，更不知道她是不是喜欢我。每次见面时那反复上演的对话模式也让我有些郁闷。比如像是这样：

“我曾经用量筒装过自己的眼泪。我很想知道自己到底能流多少眼泪，所以在和妈妈大吵一架之后，我就将量筒放在眼睛下面哭了起来，最后只流了不到10毫升的眼泪，可能是因为我哭的时候一直看着镜子。所以说还是那些演员们厉害啊，我只要看着镜子很快就哭不出来了。”

“啊，是吗？”

所以整个场景就变成了夏琳作为话题的主导，而我则在一旁点头或是像这样简单地进行附和。

我也不是没和她说过我的事情，就是3月份模拟考试成绩出来的那天。

“我这次数学考试失误了，虽说失误也是因为个人能力，怎么……”

“我听说咱们学校今年有超过10名学生成绩达到了一等。”

夏琳光速打断了我的话。她对我的事情真的一点都不好奇吗？还是两个人之间的对话原本就应该是这样单方面的聆听？大家都是这样交朋友的吗？我搞不清楚。也没办法说分手，毕竟我连交往都没有向她提过。

星期六早上，我被门铃声给吵醒了。叔叔已经出去了，休息日他跑去哪里了呢？我打开门，门口放着两个快递箱，有点重。我用刀割开包装的泡沫塑料盒，盒子里装满了大大小小的袋子。我立刻找到手机拨通了电话。

“别总寄这些东西来了，学校里都有提供饭菜，早饭我吃面包就可以了。”

我不由分说地将抱怨一股脑儿地倒了出来。

“黑色袋子里装的是鲍鱼粥，把它们放在冷冻室里，吃的时候拿一个出来就行了，都是按照一人份的量包装好的。鸡肉粥是给你叔叔做的，你叔叔他最喜欢吃加了糯米的鸡肉粥。”

妈妈有时候也是这样自说自话的。除了泡沫盒里的东西，剩下的盒子里还装着草莓、彩椒、苹果和炒面。这些都是妈妈买了寄过来的，可这也都是在附近能够买到的东西。

“干吗要搬着这么重的东西去邮局，不用给我寄这些也可以的。”

“哎呀？你看看你。你妈妈我可是很会开车的。”

“爸爸呢？爸爸最近好吗？他要是在旁边的话，你让他也接一下电话吧。”

听了我的话，妈妈犹豫了一会儿，说道：

“……你爸爸这会儿和巴里出去散步了。”

巴里是和父母一起生活的宠物狗的名字。说什么出去散步分明就是在撒谎，我一听妈妈的声音就知道了。啊，爸爸他大概又在接受抗癌治疗了，已经记不太清这是第几回了。

爸爸说他有些恶心还有点便秘，还好头发并没有像想象中的那样脱落。这是他第一次接受抗癌治疗后对我说的话，在那之后他怕我会担心就连去做抗癌治疗这件事都对我闭口不谈。每次他接受过治疗后就连通话的力气都没有，这些我都是在网上搜索后才了解到的。当然，爸爸自己就是医生，应该能很好地应对……

我无法想象爸爸承受这些到底有多辛苦。但爸爸和妈妈却只顾着担心我，担心我和叔叔一起生活时有没有好好吃饭，上下学的路上有没有遇到危险，有没有被那些上课外辅导班的孩子们排挤。

“要不要妈妈买一个烘干机给你寄过去？购物中心最近在打折。你洗完衣服还要去晾晒，晾好后又要收拾整理，这样来来回回的实在是太累了。”妈妈说道。

“不用担心，我的衣服全都是叔叔在洗，叔叔他可会做家务了。”

“是吗？”

妈妈总会一遍遍地嘱咐我要照顾好自己，而我也会一直告诉她没关系，然后通话就在这样的氛围中结束了。我想妈妈了，也想爸爸……

通话期间我收到了一条短信。

——你今天能不能不去精读室啊？我们一起学习吧，去学校的图书馆。

我在脑中回想了一下和夏琳见面时的场景。夏琳叫我去学习的话，应该又会变成她一个人在说这说那的，而我就像是个看直播的观众一样静静地看着她表演。我独自苦恼了一会儿，给夏琳打去了电话。到目前为止，我们之间主要还是通过短信进行沟通，但不知怎么的，我忽然很想给她打个电话。

“今天我们社团有聚会，下午。”

“现在不是考试期间吗？”

其实离期中考试已经没剩多少时间了。教室里自习的座位已经变得紧张起来了。精读室里也是一样，每天在督导老师来之前，没有一个孩子会提前收拾书包结束晚自习。

“嗯。”

“不能不去吗？”

“因为我是这次讨论的演讲者，所以没办法不到场。”

“这也太搞笑了吧，考试期间搞什么社团活动？”

“……这有什么搞笑的？”

夏琳对于我的反应似乎有点吃惊，她大约愣了一秒钟没有接我的话。说真的，我从没有这么严肃地对夏琳说过话。

“你干吗这么说？喂！那我和谁一起学习啊？”

我忽然觉得胸口发闷，强忍着那些即将从喉咙里蹦出来的话，勉强回答道：“总之今天不行。”

我说到这儿就想挂电话了，因为要赶紧去洗漱、打印发言稿然后出门。

"俊昊，我觉得你有点变了。"

夏琳的话像是在我的心脏上泼了一盆冷水。

"我变了？你说我怎么变了？"

我长久以来强忍的不满在这一刻爆发了。

"你根本一点都不了解我。"

"你什么意思？这突然说的是些什么话？"

"你为什么从不听我说的话？为什么一次都没有问过我问题？"

"我必须要问些什么吗？你想说什么直接说就行了啊。"夏琳辩解道。

让我想说什么就说什么？那你倒是给我说话的机会啊！我很想这么说，但还是忍住了。

"啊，那就没问题了。以后我想说什么都会说出来的。"

说罢，我就挂断了电话。挂了电话之后我觉得好像浑身的力气都被抽走了。

④ 吃完炒年糕再走

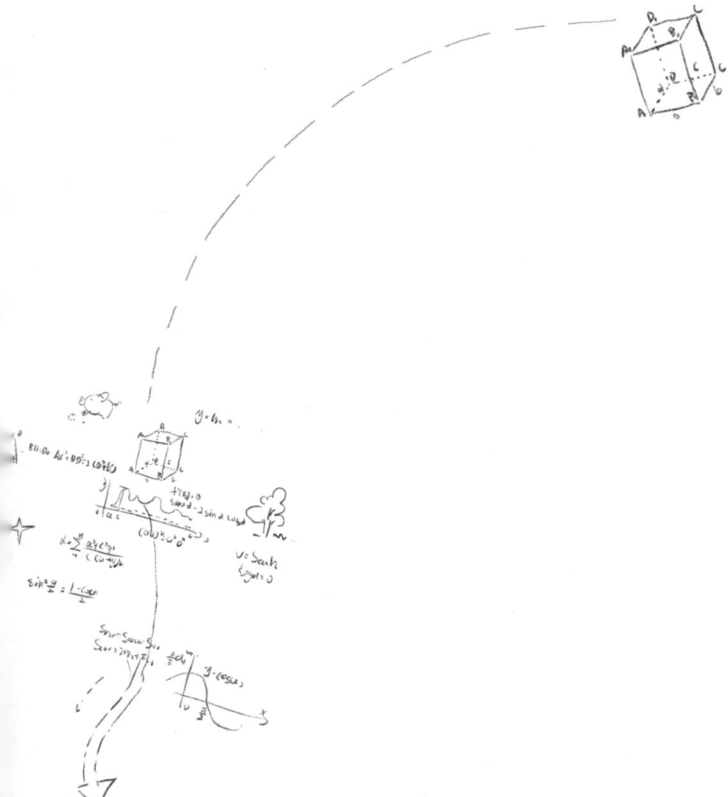

学研咖啡馆位于学院街内，核心社团每两周会在这里进行一次聚会。

推开学研咖啡馆包间的门，我就和会长朴宝娜前辈对视了一眼，卢侑彬坐在她的旁边。我走过去打了个招呼，然后拿出了打印好的演讲稿。

“我正在看你上传的演讲稿，没想到你还贴心地打印出来了。”侑彬大声说道。

原本因为宝娜前辈在场我还有点紧张，多亏了侑彬，我紧张的情绪得到了一丝放松。

虽然这已经不是我第一次演讲了，但是有社团前辈在，我还是难免有些不自信，特别是在朴宝娜前辈面前。据说，她从初中开始就横扫了全国的初高中讨论大会。在之前讨论会上我也听过她清晰流畅的论述，那实力真的让人赞叹不已。

我是整个高一新生中第一个担当演讲者的，大概是看我太过紧张了，所以建宇这样安慰我：

“你不要害怕，虽然前辈们在讨论的时候比我们更会使用一些华丽的辞藻，但到时候大家全都会在场，不只是前辈。你就将学到的概念都背出来，然后把从网上收集整理的评论用自己的语言阐述出来就行。而且宝娜前辈说过这也是一种能力。整理的时候可能会有一些不太明白的地方，但只要你带着问题一边思考一边阅读，这些内容就会慢慢地在你整理的线索上留下痕迹。即便你有哪里不清楚，只要你时常将这些内容表述出来，你的思绪就会慢慢被梳理清楚，这些观点也就会逐渐成为你自己的逻辑。”

在建宇的鼓励下，我绞尽脑汁地完成了演讲稿。最重要的是，负责在社团聊天群内发布公告的一位前辈说过的话给予了我很大的鼓励。

“如果你想要成为一个心智成熟的人，那么首先就应该堂堂正正地向大家展现出你的无知，只有明白自己知道什么、不知道什么，你才能够更加接近真相的本质。”

所以我也欣然决定展现出自己的无知。

这次我讨论的主题是“软弱的一代与憎恶”，由于没有与发表主题相关的其他图书的资料需要整理，所以我的负担也相对较轻。我尽自己所能完成了这次的演讲稿。

期中考试在即，很多社员都没有到场。因为社团成员只需要每年参加4次以上的社团活动并且提交报告书就可以了，所以大家都只参与自己感兴趣的主题。也得益于此，我们七个人进行了一场气氛融洽的讨论。二年级的学生中只有宝娜前辈到场了，每当讨论的过程中出现一些陌生的词汇或是概念时，她都会详细地向我们做出解释和说明。有很多我之前不知道的姓名从前辈嘴中冒了出来，比如“奉俊昊[①]”导演（啊！和我的名字一样呢）或是“皮

① 奉俊昊：韩国著名电影导演。

埃尔·布迪厄[①]”这些名字，能够与对这些人物的思考有所涉猎的前辈在一起，忽然感觉自己好像也变得厉害了起来。正如建宇所说，宝娜前辈是我见过的包括大人在内的所有人中最聪明的人。

在讨论会接近尾声的时候，我们声讨了世界上腐败的权力者、厚颜无耻的伪善者、无知的歧视主义者。我们大家表示那些对不正之风睁一只眼闭一只眼的固有既得利益团体，以及紧密交织在腐败链上的社会内部圈子十分愤怒。

“我是无论如何都不可能成为富翁的，现在社会贫富差距这么大，让我独自积累如此巨大的财富，从伦理的角度而言是我无法接受的。”

“但我们在一些偶然的情况下也有可能成为富翁。就比如，中彩票之类的。”

建宇打断了宝娜前辈的话。与我不同的是建宇并不害怕宝娜前辈。

“啊，我的意思是不会刻意去追求财富。总有些人会

① 皮埃尔·布迪厄：当代法国最具国际性影响的思想大师之一。

选择贫困，至少我不会以暴富作为我的生活目标。”

宝娜前辈用轻松的语气说出了这些话，建宇听到之后便笑了起来。我们还谈论了很多讨论主题之外的话题，日常的聊天夹杂着课题讨论的内容，大家坐在一起自由地交谈着，也可能是因为这个，这次聚会的气氛比以往任何时候都更加融洽。

“那我就这样总结，你们看怎么样？即使我们成为富翁或拥有巨大的权力，也绝不会成为那种会继承腐败‘传统’的集团，由我们来创造新的世界不就可以了吗？”侑彬说道。

非常言简意赅的总结，听到侑彬的总结，宝娜前辈也一边“哦”地感叹着一边竖起了大拇指。

我们聚会的时间远远超过了咖啡店包间的预定时间，大家支付了额外的使用费后结束了聚会。

走出咖啡店时晚霞已经洒满了街道。在这个临近期中考试的周末，学生们将补习学院挤得满满当当。建宇吵着要吃炒年糕，说是作为这次讨论的庆功宴。只有我和卢侑彬随即喊出“OK”表示赞同，其他的几个同学为了准备期中考试都要去听特别讲座，就这样急匆匆地散去了。

“我也想吃炒年糕，去那边怎么样？”

宝娜前辈指着前方的布帐马车[1]说道。我原本以为她也会像其他同学一样直接走掉，她能够留下来实在是让我感到很意外。

“同意！”

“我也是。”

不一会儿，去洗手间的侑彬从咖啡店里走了出来。侑彬的包包上面挂满了各式各样的徽章。建宇一边往布帐马车的方向走一边向侑彬问道：“这都是些什么徽章啊？”

“啊，这个？”

侑彬转过头看着自己的包包说道，但无论她再怎么用力始终没法完全看清包包上所有的东西。

“有拯救北极熊的、防止虐待儿童的、黄丝带，还有什么来着？啊！世界妇女节纪念徽章，还有……总之这些都是为了守护我的精神，我没办法看着那些美丽珍贵的东西崩塌。”

“喂，你这样下去会被别人当成圣母虫的。”建宇调

① “布帐马车”是韩国街边小吃摊的一种叫法。——译者注

皮地对她进行了一番调侃。

“圣母虫怎么了？那就当我是个堂堂正正的圣母虫好了！”

宝娜前辈用愉悦的口吻说出这些时，侑彬一边鼓掌一边大笑起来。

我们四个人并排站在路边吃着炒年糕、米肠、鱼饼和油炸食品，侑彬站在我的旁边盯着我看了起来。

“怎么了？你干吗这样看着我？”

“俊昊，你有没有丢什么东西？”

“丢东西？”

侑彬笑着从包里拿出了一样东西。

“噔噔！你看这是什么？”

侑彬举起了手里的保温杯。这杯子是我的，我把妈妈寄来的枣茶加热后装在保温杯里，大概是离开咖啡店的时候忘记拿了。

“嗯？这杯子怎么在你那里？”

“不是你自己放在学研咖啡店包间里的吗？我从卫生间出来的时候工作人员给我的，问是不是我们落下的。”侑彬又笑了。

这孩子一笑起来眼睛就会变成弯弯的月牙。

“谢谢。”

“就只是嘴上说说而已吗？”

侑彬用月牙似的眼睛看着我，嗤嗤地笑了起来。

我们飞快地吃完了炒年糕，然后大家边走边聊着天。老实说我不想回家，也许是抱有同样的心情，大家谁也没有提出要先走。

“宝娜前辈你打算报考什么系啊？经营？经济？”建宇问道。

“我在生活记录本上写的是社会学科。哎呀，别再讨论我了。一提到关于前途的事情，我就感觉会有青蛙从嘴里蹦出来。”

“你说青蛙吗？宝娜姐你真是的！”

建宇对正在笑着说话的侑彬说道：“叫她宝娜姐而不是宝娜前辈？你什么时候和前辈变得这么亲近的？你真是局内人[①]啊。也对，就因为是局内人才会去舞台上跳舞吧，你舞跳得可真好。”

① “局内人”是指积极融入自己所属的群体并与他人相处融洽的人的一种韩式表达方式。即，与局外人相反的概念。——译者注

“我是因为喜欢才去跳舞的，还算不上跳得好。那天是因为周三舞台人手不足需要我去帮忙救一下场，而且我也不是局内人，我这个人很认生的。”

“可我看喜欢你的人有很多啊。”

“那倒是没错，我确实有点受欢迎。”

“哇，你都不稍微谦虚一下的吗？”

“我漂亮那是事实啊。要是有十个人对你夸赞我很漂亮，你可能也会慢慢觉得我漂亮了，是吧？我就是这种灌输式的美女。”

侑彬的话把我们逗得哈哈大笑。街道上的商店和路灯都亮了起来。大家一起站在夜晚的街道上，忽然感觉一下子变得亲近起来。我们说话的声音也变得越来越高。

“侑彬最大的魅力就是自信。面试的时候我就打听过，不论问什么问题她都对答如流，浑身上下都透露着‘就算不知道又怎么样呢？’，就是因为她的这种态度，所以大家都很喜欢侑彬。”

“大家都被我骗了。等慢慢了解我之后，就会打破现在对我的认知。”

“什么，什么啊？到底是哪部分会被打破啊？”

“你别想着提前知道什么了，我可是个神秘主义者。”

我们听到侑彬的话又一起咯咯地笑了起来。

“不过侑彬你为什么不交男朋友啊？”建宇问道。

“一定要交男朋友吗？我暂时还不太想和什么人交往。”

“为什么？”

“我有很多想要自己一个人去做的事情，而且我觉得这种一对一的垄断关系并不怎么样。啊，不过我是真的很努力在追星，我前不久刚加入了郑浩彬的粉丝俱乐部。你们知道足球选手郑浩彬吗？”

侑彬在说话时反射似的叫了起来。

“你是郑浩彬的粉丝吗？哇！认识你很高兴。”

我将手伸向侑彬，想要和她握一握手。前锋郑浩彬是K联赛水原队的球员。在郑浩彬还是高中选手时我就开始喜欢他了。

“你见过郑浩彬本人吗？”

一提到足球我就莫名其妙地兴奋了起来。

“嗯，见过两次，在比赛场上。真是的！我考完期中考试以后要去看比赛，大家要不要一起去？怎么样？”

侑彬眨着眼睛问道。

正在宝娜前辈犹豫不决的时候，我和建宇大声喊道：

“好啊！一起去啊！谁来预订门票？”

我突然产生了一种“在考试之前这样玩真的可以吗”的不安感，但是“大家都在玩应该没事吧”的共犯意识马上战胜了这种不安感。而且这是我进入高中以来第一次这么开心。

宝娜前辈的手机从刚才开始就一直不停地有短信通知声响起。

“我该走了。啊，对了，你们需要历年考试的真题吗？”

宝娜前辈环视着我们说道。建宇、侑彬和我同时大喊着点头。

“简直太需要了。”

“要是给我的话，我简直感激不尽。”

天啊，这真是天降横财！期中考试之前我都在努力寻找历届的真题，建宇也在补习学院问了几位认识的前辈，但他们都说自己找不到。要是想找历届的真题，就需要上学校内部申报的学院或者去各学校上传售卖真题的网站上注册付费会员。但真题网站上的几门课程都已经买不到了，而且还有人说那都是好几年前的题目了。

我真想当场高呼万岁。我的运气也太好了，社团考核通过，还遇到了这么好的前辈。

“啊，我这还有个顶级网络讲座的全通课程，因为不太适合我所以一直没有听过，退款流程也比较复杂，你们有谁需要这个吗？”

嚯！这就等于是中了彩票。我！我正准备举手高喊，建宇却抢先说道：“请给俊昊吧，俊昊他没有去补习学院上课。”

“没有上补习学院吗？啊，是因为你进精读室了吧？”侑彬看着我问道。

“不是因为去了精读室……”我争辩道。

只要提到“精读室”这个词语我就会感到不舒服，我总感觉这个单词带有一种魔力，会微妙地将我和建宇分开。我絮絮叨叨地向大家讲明了自己没有去补习学院的原因。我爸爸做了手术现在仍旧与病魔做斗争，我目前和父母分开生活，家里的条件也比以前困难了，在这种情况下我实在是没有理由再去上补习学院了。

将深埋在心里的这些话都吐露出来后，我的心里痛快多了，也许我之前的那些不安和郁闷感都源自这些。别人想象中我的样子、夏琳想象中我的样子和真正的我是不一样的。但我也不能一开始就因为这个主动站出来向大家解释我的处境。

“你居然和父母分开生活，真是了不起啊，我光是学习就已经很吃力了。”

宝娜前辈当即用短信发来了网课的账号和密码。

“哇！照这样下去我们俊昊该不会要成为全国第一了吧？”

建宇又耍起了贫嘴，我默默地拍了拍他的胳膊。

我们大家就在那里分开了，这真是场意义非凡的聚餐。

我一边往公交车站走一边想，自己是不是应该跟夏琳说分手。不对，我们都没有交往过，这样提分手实在是有点可笑，所以现在要做的就是拒绝和她见面。不论如何，我觉得继续和夏琳见面会在很大程度上消耗我的感情。

如果真的不和某人交往会怎样？核心社团成员之间的关系也越来越好，和这些朋友建立友情，就这样度过高中生活似乎也不错。

就在我等公交车的时候，有人在背后和我搭起话来。

“你去哪儿？”

这么晚了除了回家还有别的地方可去吗？如此理所当然地提出这个问题的人就是闵炳瑞。

“那你去哪儿？”

因为实在是无话可说，所以我也用同样的问题反问他。自他闹着问我要丁满玩偶后，这还是我们第一次见面。如果他一直追着要我还给他的话，我就准备让他去打官司了。

“刚听完讲座，现在准备去精读室。”

炳瑞横冲直撞地骑着电动滑板车冲进了车道。我好像在他的SNS上看到了什么生日，什么考了二类动力车驾照之类的文字，说的就是这种滑板车吗？不过他这个时间才刚听完讲座，现在又要回精读室去……

我的心情突然变得焦躁起来。想要马上回家打开宝娜前辈给我的网课，正好我要乘坐的公交车也来了。炳瑞此刻正穿梭于车辆之间，那些体型硕大的汽车呼啸着从他的身边驶过。

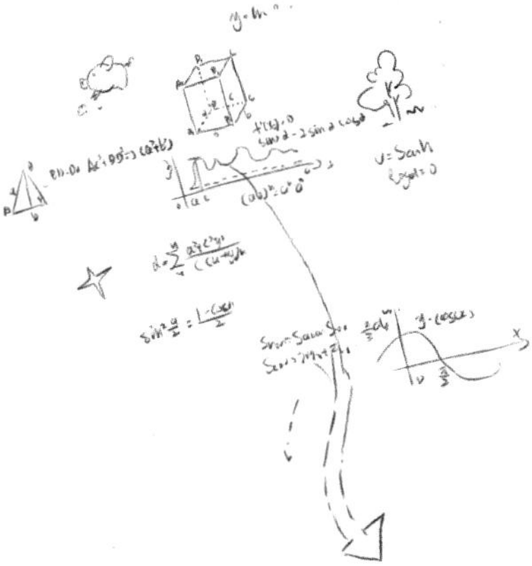

5 一团糟时，先叹口气

晚自习时在走廊里学习的学生变多了，我穿过那些把桌子放在窗边学习的学生们，径直走向了3楼走廊尽头的精读室。三年级的精读室是单独设立在图书室旁边的，而这里是一年级和二年级共同使用的区域。

我的座位在靠左边那一排中间的位置，那些标有大家喜欢尾数的座位几乎都是二年级前辈们的。虽然偶尔能在这里看到核心社团的前辈们，但大家在精读室的时候都会装出一副彼此不认识的样子。精读室里只有呼吸声和铅笔声，应该还有空气净化器的声音吧？总之我只听见有机器转动的声音。

坐在我右边的同学往自己的书桌前贴了一张大幅的首尔大学校门的照片。我从没看清过那个同学的脸，只知道他是一班的学生，此外一无所知。在这里，大家对彼此都不感兴趣。不，也许是很感兴趣。因为如果大家的眼神偶然间有了接触，哪怕只有短暂的一瞬间，每个人都会飞速地打量并“搜集”对方身上的任何信息。所以大家相互间虽然都装作漠不关心的样子，但其实都在观察着彼此。

我已经记不清最初精读室的这种氛围让我有多不舒服了。邻座、后座、对角线位置、窗边位置以及坐在最边上的前辈们都让我感到了很大的压力。但是，自从我了解到在这种紧张的氛围之中，无论每个人的内心如何，表面上都会装出一副对他人毫不在意的样子之后，我的心情反而变得舒畅了。

我紧锣密鼓地完成了制订好的学习计划，认真地做完了宝娜前辈分享给我的真题。不知道会不会有只修改一小部分信息的题目出现，就连教科书和辅助教材的边边角角我都仔细阅读了。我多买了三本数学题集，错题本也被我记得密密麻麻。

最近建宇一放学就立刻去了补习学院，所以我几乎都是一个人回家。经历过那次不太愉快的通话之后，夏琳就再也没有联系过我，哪怕是在走廊或是食堂的偶遇都没有过。我们就这样自然而然地疏远了吗？真是……万幸，对吧？

晚自习结束时已经是深夜了，我常常在回家的路上突然冒出一些没头没尾的想法。很想疯狂地爱一个人，又忽然想去宇宙的那边看看。这些日子为了解答各种难题消耗了不少脑细胞，所以一到晚上脑袋里“空空如也”很快就能入睡。

我一天中最幸福、最悠闲的时刻就是午休的时间。我会在吃过学校提供的午餐后去操场踢踢足球，或是去学校的后山散散步。随着考试的临近已经凑不够踢足球的成员了，所以最近我和建宇经常去后山。

“我们应该节省每一寸光阴来学习的。”

每次到了后山建宇都会说这句话。建宇说这话时总是模仿他在补习学院的老师的声音。那位老师太喜欢用光阴这个词了，所以他有一个外号就叫“光阴”。

我们沿着栽了满山的荔枝树、橡树、松树的步道向前走着，偶尔能够看到松鼠跑跑跳跳地从路上经过。有一天，我们遇到了一只黄色的猫咪从杜鹃花丛中缓缓地走了出来。

“嗯？这山上还有猫啊。”

“对啊，可能是因为学校不远处就有住宅小区吧？”

“对了，你知道这山上还生活着浣熊吗？”

建宇的话让我停住了脚步。他是说浣熊吗！那种我只在动物园里看到过的浣熊就生活在我们学校的后山上？即使是说谎也得有1%的可能性才会被人接受吧，但看建宇的表情却又感觉不像是在说谎。

“是真的！宝娜前辈说那只浣熊还有名字。叫作獭，你知道的吧？《训民正音解例本》里面记载浣熊在旧时被称为獭。”

“獭？不是浣熊而是獭？听了你这话我百分之百能确定这是假的。再也找不到比这更没有诚意的傻名字了。”

我们纵身跳过狭窄的小溪转身离开了后山，午休时间已经所剩无几了。

“没有，我说的是真话。我听说还有学生在后山玩耍的时候见过它呢，而且除了那个学生之外，好像还有不少前辈也看到过浣熊。”

“那就是说獭也被加入斗城高中的系列校园传说了？”

“大概吧，但确实有关于它的传说。我听说见到獭的话……运气会变好，据说前年有位前辈见到过獭，然后他就考到了全校第一。”

建宇表情真挚刻意压低声音说话的样子，真是让人忍俊不禁，我们一边聊着一些没有营养的话题一边散着步，感觉内心的担心与苦恼也随之消失了。

考试结束的那天春雨淅淅沥沥地从天空中落下，我和建宇并排站在学校的后门边。

“我们一起完蛋吧。”建宇说道。

我的心从刚刚开始仿佛也下起了大雨。

“考试之前我还以为恒等式的题对我来说是小菜一碟呢。第25题到底怎么做啊，真是的。我们班的第一名给我讲过一遍，但我听得一头雾水完全搞不懂。你做出那道题了吗？”

建宇激动得脸都红了起来。宝娜前辈给我们的往届期中考试真题并没有这么难，没想到这次考试的题目会如此刁钻。

“没有。”

“用班主任的话来说就是因为学习能力强的孩子太多了，所以为了区分开大家的层次只能把题出得更难一些……这都是在胡说八道些什么？至少应该按照现有的学习进度出题吧。”

考试考砸了，建宇的嘴还一刻不停地在旁边叨叨，他现在说出的话在我看来真的是又吵又烦。我今天很想自己一个人安静地待一会儿。

“哎呀，从今天开始我要放弃数学了。大学？也准备放弃了。”

“我也是。”

我简单地回答道，建宇这才看向我。起风了，萧瑟的风将雨水吹向了我们。校服的裤子被雨水弄得湿漉漉的，但我们却站在原地一动也不想动。

“喂！即便是开玩笑，我们方俊昊也不能说这样的话，要是全校第一名都这样说的话，那我岂不是真的要和世界说再见了？”

建宇语气真挚地说道。到目前为止“这样的话”都是他一个人在说的。

我所有的科目都考砸了，现在已经什么都不想评价了。我现在是不是应该去精读室收拾行李？还是该顺其自然等着督导赶我出去？

我感觉自己好像被掏空了。这次不仅买了教辅材料还用宝娜前辈的ID听了网课。这也都是因为转让网课的程序非常烦琐，所以无论是从哪个角度来看，前辈们真的都很辛苦。不过斗城高中的期中考试难度真的非常高，就连网课都没有抓到重点。

还是说我是个榆木脑袋。

其实我算是努力型的学生，所以一旦老师不按套路出牌我就会摸不清方向。我从小就很喜欢读书，得益于此，我的核心总结能力和阅读理解能力都不错，所以一直到初中为止我的成绩都排在前几名。

“我是全校第一？为什么总要提起过去的事情啊？得

了一次全校第一就永远都是全校第一了吗？妈妈说，她去参加同学聚会的时候，所有同学的子女都是全校第一。后来才知道，只要是得过一次全校第一，大家就会一直称那个同学为全校第一了。就算现在是全校的倒数第一，那他也有过获得全校第一的经历。”我说道。

“我和你有同感！我还以为只有我妈妈会这样，原来大家都是这样啊。我妈妈也经常说我是全校第一，真是太丢人了。但我只有小学五年级的时候得过一次全校第一，而且那还是因为当时学习成绩好的同学都去参加英语训练营了。本来小学生的名次是只有妈妈们知道的，结果她忽然到处打电话说我得了全校第一。为了庆祝这种一生中的重大事件，他们给我点了比萨，爷爷还特地给了我零花钱，整件事闹得沸沸扬扬的。”建宇打趣地说道。

“所以你现在也不要总跟我说什么全校第一了，那让我觉得好有负担。”

我看着前方说道。但我感觉自己说出这句话的时候，眼泪已经快要流出来了。

“知道了，那我有件事情也可以跟你说说吗？……如果你这次还是被选入精读室的话，即便我落选了，你也不要再看我的眼色生活了。”建宇也看着前方说道，但说话时的声音很严肃。

我无缘无故地哽咽了起来。

一时间我们谁也没有说话，只有淅淅沥沥的雨声在耳边聒噪着。

“不行，我要去恋爱了。从现在开始我要走恋爱高手的路线了。”建宇突然打破沉默喊道。

“这么好的年纪总不能和世界再见吧？当然得好好活着了。不过我这年纪还能去当艺人吗？还是做足球运动员？啊！职业玩家也可以，只要努力的话70年后我就有可能成为职业玩家了。总之我现在想明白了。”

“什么？”

“我说我现在想明白了。”

建宇的表情变得明朗起来，我的心情也跟着变得好了点。

“喂，你应该知道这不是一个人就能做到的吧？”

我拍着建宇的胳膊调皮地说道。

一瞬间我忽然想起了夏琳，这段时间我只有一次想要联系她，想要给她看看宝娜前辈给的考试真题来着，但最后我还是没有联系她。

“应该先从暧昧开始。今年圣诞节我一定要和女朋友一起过。”

“所以说你打算和谁在一起？”

“是啊……既然咱们是‘追自交’派……那侑彬？”

“侑彬她应该会和你搞暧昧的，加油干吧，朋友。”

我拍了拍建宇的背。我们都感觉好多了，然后各自回到了教室。

“不过侑彬这个选项只是说说而已，我其实……”从教室里拎着包出来的建宇说道。

“其实什么？”

我们走下楼梯在门口撑起了雨伞，雨一直下得很大。

“唉，没什么。有一个总让我想起来的人，但我现在还不太确定，等我有把握的时候再告诉你。”

他这是怎么了？建宇是那种嘴比脑子快的人，经常会冒出一些不经思考的话。是谁呢？他的意思是一直到他想清楚之前都不会说出是谁吗？

“能不能给我个提示？是谁啊？”

这时，建宇忽然惊讶地看向操场。

“天啊！那不是赵夏琳吗？”

我也顺着建宇的视线转过头去。

“你看他俩还挽着胳膊，这两个人是在交往吗？”

映入我眼帘的画面是夏琳和炳瑞同撑着一把雨伞向校门走去。

“哇，看来传闻说的没错。赵夏琳她就是‘全校第一收集者’。咱们上初二的时候全校第一不是贤重嘛，那时候贤重他是有女朋友的，但据说贤重最后还是被夏琳给抢走了？所以很多同学都在背后议论这件事。总之赵夏琳真是厉害！真心佩服她！之前就是这样对你的，现在又换成炳瑞了，就这么换了。”

建宇咋呼道，我什么话也没说。一看就知道他们两个人的关系很亲密。

我们到家时运动鞋都湿透了，我和建宇一起走了20多分钟。

“家里有拉面吧？”

建宇一边说着一边像到了自己家一样，将橱柜的门打开又关上，然后从阳台上拿来了5包拉面，接着迅速将锅放在煤气灶上，做完这一系列事情后，他便坐在餐桌旁的椅子上看起了手机。

我用衣架将打湿的校服挂在了阳台上，然后递给建宇一条毛巾。

“不用。”

“擦擦吧，水珠都滴下来了。要不我给你找一套运动服，你把衣服换换吧。”

建宇接过毛巾擦了擦头发和衣服，这时水烧好了，他将拉面放进了锅里。

因为肚子实在是太饿了，我们一下子就将煮好的5包拉面一扫而空。就在收拾碗的时候，建宇的手机响了。

“我和俊昊在一起。……嗯……嗯……吃了……别问了，都考砸了。……都说了别问了，干吗总是要问啊？你要是再这样的话，我就不回家了。……要去补习学院，吃完晚饭就去……知道了。”

挂断电话之后建宇看着我摇了摇头。

“你妈妈？”

“嗯，我真是要疯了。每次都说同样的话。”

“你是要去补习学院了吗？”

“没有，我正在研究刚才补习学院老师发来的短信，不打算去补习学院了。现在这种情况下，我还有心思去补习学院对期中考试的答案吗！就在你这里摸鱼吧。你叔叔很晚才回来吧？”

我重重地点了点头，虽然我刚刚很想要一个人待着的，但现在这个念头被我打消了。要不是建宇这张嘴一直在我旁边喋喋不休地唠叨，我可能会变得更加郁闷。

期中考试的冲击已经逐渐被压了下去。不过我总是会想起那个情景，炳瑞和夏琳亲密地撑着伞走在空无一人的操场上的背影。

这画面与我和夏琳见面时的情景完全不同，我们俩并排走在一起时至少会保持着50厘米以上的距离，吃饭时也都是面对面地坐着。到这时我才明白，自己和夏琳根本就不算是暧昧的关系。

虽然没有交往过但还是感觉自己被甩了。继3月的模拟考试之后，期中考试也被我搞砸了，还有可能会被赶出精读室。实在是不想再去思考任何事情，于是我打开了手机游戏，而建宇此时也已经躺在地板上玩起了手机游戏。

我一直玩到电池没电后才看向了窗外，雨已经停了。我正想着要不要一边充电一边继续玩游戏时，身体却不由自主地“哎呀”一声躺在了床上，我很快就睡着了。前一天为了准备考试一直睡不着觉，再加上现在房间里暖和，身体自然而然地就蜷缩进了被窝里。不知道睡了多久，醒来时发现周围已经变得黑漆漆的，建宇也躺在地板上睡着了。

晚饭吃什么呢？我一边想着一边拿起了手机。有一条侑彬发来的短信，我赶忙给侑彬回了电话。

“我刚刚睡着了，现在才看到短信。有什么事吗？”

“我联系不上宝娜姐了。”侑彬的声音中充满了担忧。

“什么？她也没有联系我。啊，你等一下，我问一问建宇。”

就在我刚和侑彬通电话的时候建宇也醒了，他看了看自己的手机对我摇了摇头。

“看来她也没有联系建宇，前辈的手机是不是设置成静音了？”

“没有，姐姐的手机关机了。我先去联系一下其他人，咱们之后再细说。”

侑彬匆忙地挂断了电话。

“宝娜前辈出什么事了？”

听到我的话，建宇表情凝重地说道。

“嗯，我猜……宝娜前辈她是不是又潜水[1]了？”

“潜水？你是不是知道前辈的什么消息？”

“我也不太清楚……你知道宝娜前辈家里的事情吗？”建宇看着我问道。

① 网络用语，指突然消失不和他人联系。——译者著

6 做不到就果断投降

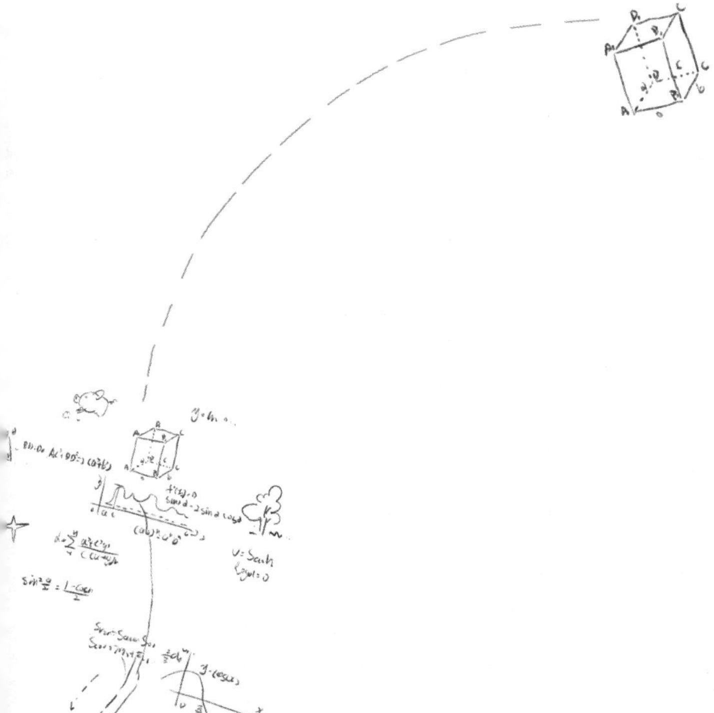

已经过了10点，但我们还是没有收到任何的消息。随着时间的推移，担忧像雪花一样越积越多，就连游戏也打不下去了。其间，建宇给侑彬和宝娜前辈发了信息，但只有侑彬简短地回复说，如果有宝娜前辈的消息会通知他的。

建宇说宝娜前辈的家世非常显赫，她的父母都毕业于名牌大学，爸爸是企业家，妈妈是律师。据说她们家的亲戚中有很多是教授，还有国会议员。

“因为父母对她的期待实在太高了，所以成绩带给宝娜前辈的压力可不是闹着玩的。要是考不到全校第一名，她家里就会闹得鸡飞狗跳。她之前也有过考试结束当天就关掉手机消失的情况，大家都说一直到很晚才找到她。……应该不会出什么事情的。”

“宝娜前辈的成绩不是很好吗？她是因为要去课外辅导和补习学院才没有去精读室的吧？”

“她的成绩是很好，但前辈的父母却好像还是不满足？他们想让她上法学院，首尔大学的法学院，哪怕是毕业于首尔大学也很大概率会落选的法学院，他们给前辈制定的目标就是首尔大学的法学院。哎呀，所以如果前辈拿不到满分的话恐怕很难入选。”

“呀！真是令人窒息啊。用这种方式来强迫已经如此优秀的女儿做得更好……是不是有点过分了？”

“总是这样施加压力的话，学习成绩反而会下降的，但大人们却不明白这一点。”

“说得没错！这种不管不顾的期待本身就是一种压力……不过宝娜前辈的事情你是听谁说的？”

“是我们班的吴世俊说的，世俊的哥哥去年和宝娜前辈同班，听说宝娜前辈在学校里很有名。”

我的心情忽然变得很复杂，我从未见过像宝娜前辈这样优秀的高中生。她不仅聪明而且周身散发着一股自信、洒脱，非常地了不起。就连如此优秀的前辈都因为成绩而压抑至此。

我不明白，就像是被鞭子催促着的马儿一样！再快！再快！再快！再快一点，直到死都要“努力”成为最棒的，这样下去到死为止都不会感到幸福吧？所以宝娜前辈才会说自己无论如何都不想成为富翁吗？她应该很早就明白欲望就如同海水一般是越喝越渴的吧？

我突然觉得宝娜前辈很亲切，原来前辈也是和我一样的人啊。在这样的压力下她的生活该有多累？

心里说不上是什么滋味，建宇也是连家都不回了，我们一起看YouTube上的搞笑视频，但看视频的时候我们一次都没有笑过，时间刚过11点侑彬就联系了我们。

“让你们担心了吧？宝娜前辈去了书店，她说不知道自己的手机关机了。”

侑彬在电话那头说道，声音也变得明朗起来。

建宇始终没有回家，说是要和我睡在一起，我也马上就答应了。

快到12点的时候，叔叔看着我俩说道："我怕以后会经常发生这种事情，所以提前跟你们打个预防针，这种情况一周不能超过一次。如果想要带朋友回来一起生活，就先把住宿费交上来。"

"哎呀，一周能够来一次吗？你叔叔可真是宽宏大量啊。"

建宇又耍起了贫嘴。

我把床让给了建宇，自己则钻进了热乎乎的地铺中，真是久违的感觉啊。

不过躺下之后却怎么也睡不着，关灯后，因为宝娜前辈的事情，我对于期中考试后会被排挤的担忧又再次浮上心头。怎么办，这次考试应该是真的搞砸了吧？被学校赶出精读室，回到教室里上晚自习很丢脸吧？本来是不想给家里带来负担，想让他们知道我即使不去课外辅导也可以考得很好。照这样下去，我可真的一点都睡不着了，所以得动动脑筋想个好办法出来。好吧，明天先去看K联赛的比赛，侑彬已经订好了门票，宝娜前辈也会一起去吗？不过考试都结束了，这样出去玩玩应该没问题吧？不对，不对，好办法，好办法……

“你的课本怎么办？明天上课要用的书都在你储物柜里吗？”我躺着问道。建宇可能也是睡不着觉，一直在床上翻来覆去的。

“没有，我和妈妈约好明天在校门口见面，她帮我把通史和英语课本带过来。其实我原本没想让我妈妈去的，借你的书用就可以了，但她非要去找我。原本是说凌晨要来你这里的，在我的劝阻下她才终于答应明天在学校见了。我让妈妈把记事本也一起带过来，她还挺开心的。事实上有记事本在我也能安心点，一次考试考砸了总不能一直都考砸吧？”建宇说道。

真羡慕啊，还有妈妈来给你送书包，这句话梗在喉头阻塞了其他的话语。只要一听到母亲的声音，激动的心情就会一并将我吞噬。我想妈妈了，她现在在做什么呢？在睡觉吗？

建宇和我一早就出了门，建宇的妈妈在校门口等着我们，我向她鞠躬致意。

“我做了饭团，你和俊昊一起吃吧。”建宇的妈妈一边递出手中的购物袋一边说道。

自从大家知道了我们家的情况以后，我能感觉到建宇妈妈开始暗暗地照顾着我了。我的拖鞋也是建宇的妈妈给我买的，说的是在给建宇买的时候顺道也买了我的。

虽然刚刚吃完麦片，但我一看到便当盒便又觉得饿了，我们到操场的长椅上分饭团吃。就在这时有一个人影嗖地从我们面前闪了过去。

“天哪！你看看炳瑞！”建宇说道。

戴着头盔的闵炳瑞正踩着他的滑板车向另一边驶去。

“那个滑板车应该很贵吧？不过我们可以骑那个东西来上学吗？也对，炳瑞不论做什么，学校都会照顾他的。”

除了我们还有很多来上学的孩子也都盯着炳瑞看，他将滑板车放在自行车停靠架上，摘掉了头盔。赵夏琳正站在校门口等着他，炳瑞很自然地将胳膊揽在了夏琳的肩膀上。

“他们确实是在交往，这两个家伙。”

建宇他一直喋喋不休地说着，我在他的旁边默默地吃着饭团，却觉得此时吞咽食物有点艰难，心里也不由得难受了起来。

教室里的氛围和昨天有所不同，距离考试结束还不到24个小时，同学们都在议论着各科成绩的排名问题。没错，斗城高中就是这种连期中考试都要进行等级排名的奇怪学校。

事态正朝着我预感的方向发展着，阶段性评价和期末考试的成绩决定了最终的评级。但不论怎样，我在三个科目中有两个都只拿了二等，被赶出精读室只是时间的问题。我也没法保证在期末的时候能够重新拿到一等。

这次考试获得全校排名第一的是闵炳瑞，他以压倒性的实力与第二名之间形成了巨大的分数差异。炳瑞还在校内举办的发明比赛“科学的一天”中获得了金奖。

“闵炳瑞还在英文散文大赛中获了奖，之前就有传闻说他是‘奖项收集者’。看来传闻是真的了。”建宇说道。

谁会关心这种传闻是不是真的呢？在这种情况下真相什么的都已经不再重要了。

我内心很希望班主任能够叫我到办公室去，“你的成绩有所下降呢，是出了什么问题吗？”如果他能够这样问问我该多好？就算没有这么温柔，哪怕是严厉地指责我一顿，我也会感激不尽的。但班主任似乎是放弃了对我的期待，不对，一开始他对我就没有什么期待。只不过是因为运气好才会以第一名入学的，再怎么样也不过是市民中学毕业的。我仿佛看到这些话语从老师们空洞的双眼中传了出来。

当然，学校也为大家设置了咨询室，当大家在学习中遇到什么困难时就可以无所顾忌地去那里。咨询室内的老师们正等待着为大家排解各种忧愁，无论心中藏着什么疑惑，老师们都会亲切地为大家进行解答，升学咨询室也一样全天候开放着。每到休息时间，就能看到进出咨询室的学生们络绎不绝。

可我去了以后该说什么呢？老师，我要怎样才能再次拿到全校第一呢？或者您知道中彩票一等奖的秘诀吗？我们家的境况有一些困难，我爸爸正在接受大肠癌新药治疗，那治疗费可不是一笔小数目，而我还想去上一等讲师的辅导班。去和老师们说这些吗？

我从小就习惯了接受大家的称赞，从来没有经历过像这样不被认可的情况。所以在我进入斗城高中的那一刻起，我的生活就变得一团糟。我觉得学校一定是在排挤我，而我也只能坚持下去。要想在斗城高中生存，就要接受自己堕入谷底的事实，抛开那些无谓的自尊心什么的。

或者……转学。

“真不知道自己的人生怎么会变得这样狼狈不堪，我当初居然想来这么水深火热的学校，看来我真是疯了。”建宇说道。

我们一起在校门口等着侑彬。

“哪有学校是不累的啊？到处都是‘血腥的战场’。想要考上大学的话，就只能这样不是吗？真是该死啊！不过俊昊你真的可以去看足球比赛吗？就这样一声不吭地翘掉晚自习不会挨骂吗？”建宇问道。

“我后天就要去收拾东西了，谁还会跑来骂我？”

其实我从一大早就开始苦恼这个问题了。到底要不要提前打招呼，去找升学部部长说“我今天应该去不了精读室了，我跟朋友们约好了一起去看足球比赛”，那升学部部长会怎么回应我呢？“哎呀！真厉害啊，方俊昊！期中考试考成这个样子，晚自习也不想来上了！真是活力满满的人生啊。”他应该会这样说我吧？不是吗？就算是我硬熬到被清退的时候再离开精读室，那我今天还能抱着栽下一棵苹果树的心情去精读室学习吗？不管了，反正我今天不想去精读室。

“几天后就要被赶出去的人还要进来垂死挣扎。”

感觉大家好像都在用这种眼神看着我。

现实就如同可怕的波涛一般席卷而来，我已经用尽全力了。可尽管如此，结果还是不尽如人意。我个人的努力并没有让我的学习成绩得到提升。那些为了区分出大家的层次而设计出的那一两个问题就像是老鼠药，总是在第21题和第30题中辨别大家到底属于哪一个等级，而这正是突显高额课外辅导班威力的地方。

我总觉得这所学校并不是我应该待的地方，我想起了爸爸妈妈，如果我和爸爸妈妈一起生活会不会更好一些？是啊，转学有可能会为我的生活打开另一扇门。

“双亲节那天我想去看看爸爸妈妈。”

“双亲节当天？你准备翘课吗？”

“不是，我想在那周的周六过去看看。”

“也是，你确实很久没去看过他们了。”

“嗯，不过侑彬为什么还不下来？”我望着玄关说道。

“她不是说把垃圾分类回收后就过来嘛。但是……俊昊啊，我，我有件事想要问你。”

“什么，什么？”

“为什么青蛙会从嘴里蹦出来？”

“嗯？青蛙？”

“宝娜前辈上次不是说过嘛。一谈到自己的前途，就感觉会有青蛙从嘴里蹦出来。”

我想起来了，宝娜前辈是说过这句话。

“啊，你说那句话啊。那不是个童话故事吗？是传统童话还是格林童话来着，总之是小时候读过的故事。大概是说有个人因为犯罪而受到了惩罚，所以每当他说话的时候，就会有青蛙和蛇从他的嘴里蹦出来。我觉得她就是在说这个吧？”

“啊哈！我也记得这个故事。哇，她怎么会用这种典故呢？总之宝娜前辈真的是与众不同啊。”

“的确如此，所以她才能够成为核心社团的会长啊。”

“真是越看越感觉敬佩她，但也觉得有些心疼。虽然她那天在书店，但一看就知道她其实是潜水了。不过……你觉不觉得宝娜前辈有点可爱？”

建宇说到这时不知怎么的忽然停了下来，似乎一个人在专心思考着什么，然后又开口说道：

“俊昊，有件事情我只告诉你一个人，你能帮我保守秘密吗？”

我点了点头。

“我好像喜欢上宝娜前辈了，我上次不是说过吗，有一个让我时常想起的人，那个人就是宝娜前辈。”

他的眼神异常地坚定。

“真的吗？”

“嗯。”

“哇，天啊，那你要向她告白吗？”

建宇听了我的话咧开嘴笑了起来。

“宝娜前辈明年不是就到高三了嘛，所以我决定再等等。而且我只要一想到宝娜前辈就觉得很开心，就是很喜欢她。”

我还是第一次见到建宇这种表情。语调里满是顽皮，脸上却写满了真挚的幸福。

风轻轻地刮了起来，侑彬、建宇和我沿着像篱笆一样长长的黑枣树花路慢慢地向前走去。宝娜前辈最终还是没有和我们一起去，侑彬说出这个消息的时候，建宇的脸上露出了失望的神色。

我们三个人并排坐在社区公交的最后一排。

“不过比赛是几点结束啊？”建宇问道。

“9点钟。”

“那如果进行加时赛呢？是9点30分结束吗？”建宇看着侑彬再次问道。

再过两站我们就要换乘去世界杯体育场的公交了。

“联赛中是没有加时赛的，所以9点就会结束。不过怎么了？建宇你还有其他约会吗？”

“没有约会……就是从刚刚开始，补习学院的班主任就一直在给我发信息。我以为考试结束的第二天他们会放过我，看样子是没戏了。所以我在计算比赛结束之后还能不能赶上去上最后一节课。”

建宇的话让我有点烦躁。

侑彬已经帮我们预订了门票，是去上补习学院还是去看比赛，这些都应该是在门票预订之前就决定好的，而不是到现在才来纠结吧。

“你即便是比赛一结束就立马飞回去，也赶不上最后一节课的。所以你现在就做决定，是去补习学院还是去看比赛。”我站出来态度坚决地说道。

建宇的嘴巴张开又合上，看样子并不是很想去看比赛。他原本就是以为宝娜前辈会和我们一起去才说要去的，但现在只剩下我们三个人他肯定是有些失望。他又不像我和侑彬那样是郑浩彬的粉丝。

最终，建宇接到了补习学院班主任的电话。通话时我们正从社区公交上下来准备换乘去体育场的公交车。

“真的对不起！我实在是没办法了。今天不去补习学院的话我就死定了！票钱我下次再给你。对不起！”

通话结束后建宇说道。

“没关系，快点过去吧。”侑彬爽快地说道。

建宇看看我又向侑彬眨了眨眼睛，接着便向地铁站的方向飞奔而去。

过了一会儿，公交车来了。侑彬和我并排坐在公交车中间的位置上。

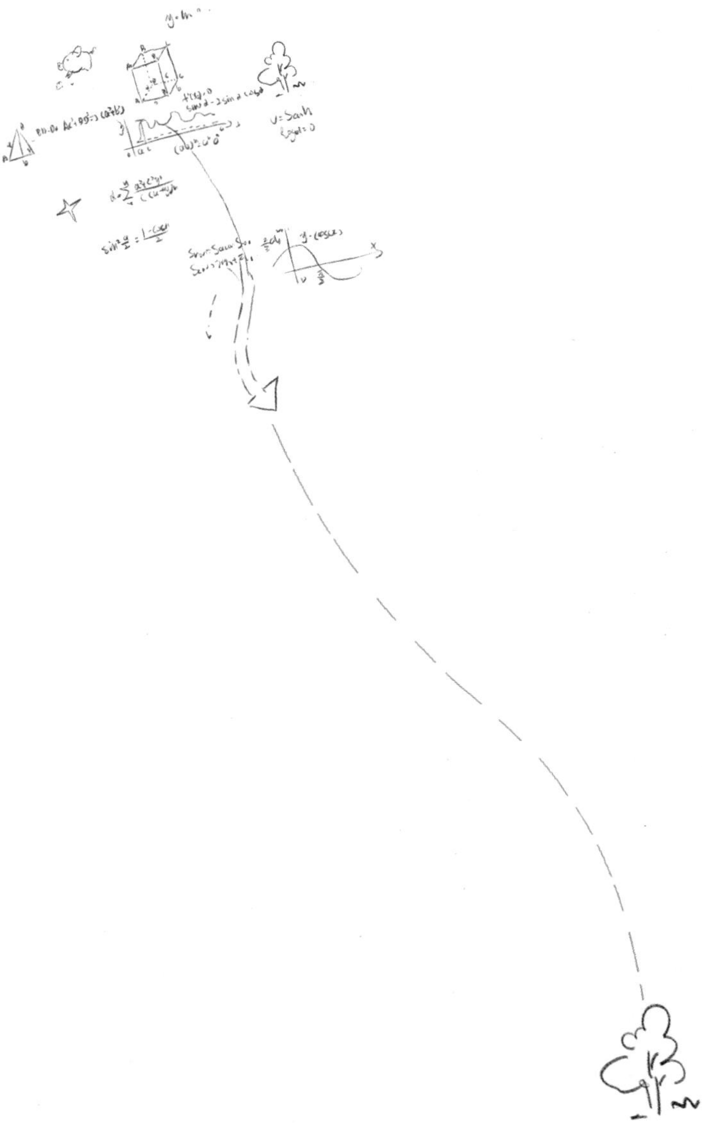

7 培养面对失败的能力

世界杯体育场周围正举行着庆典，比赛开始之前球队的支持者就蜂拥而至，在场外吹响了助威号角。这时，侑彬将自己的背包塞到了我的手上，然后脱掉了外套。

“哇，你这是什么时候穿上的？校服呢？”

侑彬的外套里面穿着蓝色的队服，后背上写着郑浩彬的名字和他所属的29号。

“我把校服放在学校了。”侑彬一边说着一边拿走了背包，声音异常地激动。

我的心情也跟着以每秒100米的速度飞向天空。

我和侑彬进入了赛场。观众们释放出的热情触动了我的内心，这股热浪当然都是为郑浩彬“燃”起的。他因为受伤而无法参加上一场比赛的报道层出不穷，幸好今天的出场阵容名单上有郑浩彬的名字。

大概是受到了球迷们的鼓励，比赛一开始郑浩彬就在场上“飞来飞去”。上半场第17分钟郑浩彬就利用角球的机会攻入一球，这是他本场踢进的第一个球。哇！场上发出了直冲宇宙的呐喊声、咚咚的助威鼓声和响亮的喇叭声。没有一个人是坐在椅子上助威的。侑彬和我也在座位上蹦蹦跳跳地唱起了助威歌。整个人都陷入其中，喊破嗓子也无所谓。

精读室、期中考试、高考就像是流传于远方的谣言一般。及时行乐！心脏燃烧着的我们在这里唱着庆祝的歌谣。

“哦啦啦！水原！哦累哦累（Ale, ale）郑浩彬！哦累哦累！哦！我爱你，我的爱！我的浩彬！”

得益于郑浩彬的进球，水原队以1比0获胜。侑彬和我都不打算乘坐公交车，心脏就像是立刻要爆炸一样，没办法被困在狭窄的公交车内。

我们和许多支持者一起走在路上，刚长出嫩绿色枝叶的林荫树下响起了庆祝胜利的歌曲。

“哇，我也加入支持者吧？这感觉真是太棒了。”我大声地说道。

“我也是，但是如果今天的比赛没有赢的话，我应该就不会这么兴奋了。”侑彬用更加沉稳的声音说道。

“确实如此。”

“每到输球的日子我都会郁闷得睡不着觉。”

“我也差不多，要是比赛输了的话，我一直到第二天都会没精打采。”

“我始终还是觉得有能力面对失败的人，才能够更长久地成为某一支队伍的支持者。”

又有一批支持者从我们的身边经过。面对失败的能力？她的意思是人生中的失败也是有价值的吗？我突然想起了妈妈说的圣-埃克苏佩里的祷文——希望你不要认为人生是畅通无阻的坦途。苦难、失败、挫折都是人生中必不可少的附加品，而我们也在它们的帮助下成长起来。

但是我讨厌失败。

“那如果我只支持屡战屡胜的队伍呢？”

“哪有只赢不输的球队呢？而且每次都赢的话又有什么意思呢？”

我们暂时就这样默默地向前走着。

看比赛的时候，我总是会想起暂时被遗忘的期中考试。

“也对，这样看来区分胜者和败者的竞争永远都不会消失。人类的欲望迫使我们不断地制造出竞争。”

侑彬认真地回应了我的话。

“是这样没错。但是规则一定要公正，就像足球比赛一样。”

我们走着走着不知不觉就到了圆形天桥前的车站，就在这期间，已经有很多人都乘坐公交车离开了。我们需要在此决定是继续往前走还是在这里坐公交车。

“哎！你今天不去精读室不会被骂吗？”

侑彬站在路灯下问道，几根被汗水浸湿的头发贴在侑彬的脸颊上。

“不会有人骂我的，我这次考试考砸了，马上就要被精读室扫地出门了。你考得好吗？”我若无其事地说道。

“不好，考得一塌糊涂。不过没关系，反正我连复习都没复习过。”

公交车信息板上显示我们要乘坐的车辆要在19分钟之后才会到达，我们与其站在这里傻等还不如再往前走走。通过圆形天桥走到对面的水杉路上，大概走一站地左右公交车就差不多能到了。

“你知道我为什么要考试了却没有复习……”侑彬说道。

“第一学期结束之后我就要转学了。”

我现在是听到了什么？

“真的吗？为什么？转去哪里？”

我的脑袋忽然像是被打了一样。

转学？她说转学？

侑彬说她要转到职业高中去，她原本就想去那所学校的，但因为她爸爸强烈反对，最后才来了我们学校。不过她妈妈倒是很支持她，她爸爸现在也被说服了80%左右。但侑彬的爸爸也提出了一个条件，就是让她在这里上一个学期之后再转学。因此她害怕自己的成绩太好的话，她爸爸会找理由让她继续在这里上学，所以这次考试她是故意考得很差，侑彬一边说着一边调皮地笑了起来。

“我要去学旅游管理，我对旅行很感兴趣。妈妈听了我的计划后也支持我转学。”

一股依依不舍的感情忽然涌上心头，我们彼此之间刚刚开始变得亲近，为什么要在我和侑彬相处得如此融洽的时刻，又要思虑即将分开的残忍事实呢？

“既然你要转学那为什么还要参加核心社团呢？竞争那么激烈，如果你不报名参加的话，那些比你更加迫切想要加入的同学就有机会入选了。”

心情郁闷的我忽然对着侑彬蹦出了这句话。

“啊，是这样吗……不是我转学之后就再补一名学生进来吗？不对，那我是不是应该现在就退出社团啊？”

“啊，不是。我不是那个意思……”

“我的意思是我原本觉得，哪怕是当个流氓，只要是自己的选择那就要努力地做下去。但听了你的话，我忽然感觉自己的想法好像是有点轻率了。”

“不是，不是的，不要在意我的那些事。对不起，和你说了些没用的东西。幸好你进入了核心社团，能够在这里遇见你我真的很开心。”

这时，我们看到要乘坐的公交车从远处开过来了，侑彬和我开始往车站的方向奔跑。

庆幸赶上了公交车，车是从市中心开过来的，我们上车时车内已经坐满了乘客，我们两个人握着把手并排站在一起。

“我很想要参加一次社团活动，因为我不想上大学，所以我想要在高中的时候体验一下。”

“你真的不想上大学吗？”

“嗯。”

侑彬向我说明了自己不想去大学的原因。侑彬的父母都是大学毕业生，可现在全都在从事与本专业无关的工作。从大企业名誉退休的爸爸现在在开卡车，生下侑彬之后就辞职的妈妈现在在做酸奶配送的工作。

“我哥哥在大学休学了，现在去了部队，只是……他的脑袋里简直装的是草！什么想法都没有，他考上大学之后我就没再见过他学习了。好像是因为不喜欢现在的学校才变成这样的，整天一副游手好闲的样子。不知道他从部队回来之后能不能重新振作起来。”

“嗯，听起来不像是在说别人。”

听到侑彬的话我的心里忽然感到一阵酸楚。我又有什么不同呢？我又是为了什么明确的目标而去上大学的呢？虽说我对历史感兴趣，但大家不都是被大环境驱使才去上大学的吗？

“课外补习的费用不是闹着玩的。我听说大学毕业工作之后，想要收回前期投入的所有费用需要几十年的时间，也有一辈子也收不回来的人。我们家的家庭状况并不宽裕，我也不是那种十分擅长学习的孩子，家里买任何东西都要计算性价比，所以这就是我的人生了。算起来……大学对于我来说就是棵花钱树。”

侑彬看着窗外平静地说出这些，看起来比平时更加自信。

“那我想问问你不去大学的话想去干些什么呢？”

“我打算职高毕业之后就去旅行社工作，这样积累了经验之后就可以自己开一家旅行社。除了把著名的旅游景点集中起来作为商品推出去，我的旅行社还要发掘出那些不为人知的名胜，致力于为游客们创造新的故事。”

“哦，很不错哦。将来我要是找不到工作的话就到你的旅行社去任职。”

我的话把侑彬给逗笑了。

“我话都这样说出口了，如果以后我的梦想变成其他完全不同的东西该怎么办？这都是说不准的。爸爸名誉退休的时候我就切切实实地感受到了，在不到二十岁的年纪就决定自己的一生，实在是有点不靠谱。反正我也不去上大学，可以多多积累各方经验。人生的路本就是如此，既有平坦的大道，也免不了会走走弯路。”

听了侑彬的话我忽然觉得自己十分渺小，侑彬真的是比我想象中更为坚韧。

“对了，你不是想要学历史专业，现在在哪里做志愿服务啊？”侑彬问道。

“在图书馆，因为我想去做志愿服务的地方没选上我。”

“我在博物馆做志愿服务，你要不要一起来？我在SNS上认识了几个职业高中的孩子，其中一个朋友给我推荐了一家博物馆。”

这句话引起了我的兴趣，侑彬做志愿服务的那家博物馆是志愿者信息网站上没有的地方。

“那简直太好了。不过你又不想上大学，为什么还要去做志愿服务啊？”

“就是觉得很有意思，你要是想来咱们就一起去。”

侑彬说话的时候我将手举了起来，我们都松开了公交扶手，一起击掌庆祝双方达成共识。

建宇这次的单相思比以往任何时候都要认真。

“我只告诉你一个人，你能帮我保守秘密吗？”建宇也对侑彬说了同样的话。这样一来侑彬也就知道了建宇喜欢宝娜前辈的事情，由于这个共同的秘密，我们三个的关系也变得越来越亲密了。

三个人一起吃午餐的日子也逐渐多了起来。

“喂，不过呢，我以前一听到想要守护谁这种话，心里就不知道有多恶心呢？说什么守护？各自好好生活不好嘛，但我现在心里却总是想着这些。”

“哎呀，谁守护谁啊？建宇你还是管好你自己吧。你也知道的，宝娜姐她什么事情都能够自己应付。”

侑彬一边夹着我餐盘里的杂菜一边说道，于是我将盘子里剩下的杂菜全都夹出来放在了侑彬的盘子里。

“可是前辈的爸爸妈妈到底为什么要这样啊？我要是有这么优秀的女儿每天都要乐开花了。”

“那么从现在开始就由建宇你来做姐姐的保护伞吧，不过你现在的状况……建宇你得从今天开始使劲做运动了。”侑彬对建宇打趣道。

炳瑞和夏琳正并排坐在那边的饮水机旁吃着饭，最近夏琳的SNS上全都是她和炳瑞两个人的合照。

“别再盯着看了，不知道的还以为你对他们两个感兴趣呢。”建宇说道。

“对了，俊昊啊！我们这周六要去博物馆做志愿服务了，你也一起来吧。”侑彬说道。她这会儿才刚刚把饭吃完。

“我这周六去不了。”

“为什么？”

“我要去看看爸爸妈妈，因为双亲节得提前回来。”

侑彬听了我的话点了点头。

确实是回家没错，但我主要是想去谈谈转学的事情。在侑彬说起博物馆的志愿服务时，我似乎清晰地看到了未来，但不一会儿又感到一片迷茫，这样的心情每天都会来来回回地重复十几次。如果我转学到爸爸妈妈那里，会不会又出现什么新的情况呢？而且转学的话我就真的会感到幸福吗？

正在这时，建宇戳了戳我的肋骨。闵炳瑞正向我们的座位走来，夏琳独自一人站在那边。

“你饭吃完了吗？”炳瑞看着我说道。

“还没，怎么了？”

“吃完饭后来找我一下，或者下课之后见也可以。”

我拿出手机确认了一下时间，午休时间还很充足。原本打算吃完饭后和建宇去踢足球来着。

“知道了，我吃完之后给你打电话。”

“我没拿手机，你们班都不收手机的吗？反正你吃完饭之后到操场的看台上来，我在那里等着你。”

炳瑞对我说完这些之后冲着侑彬笑了笑，侑彬也尴尬地对着他笑了一下。

“你们两个人认识吗？”建宇问侑彬。

“我们是同一所初中毕业的，斗城初中，但不是一个班的，我们一起参加过读书会。”

“原来如此。”建宇点了点头。

“不过你是怎么认识闵炳瑞的？你和我们又不是同一所初中的。”

侑彬看着我问道。

“我们是小学同学，也是幼儿园同学。”

由于我回答得过于简单，建宇在旁边耍起赖来。

“我小时候跟炳瑞的关系非常好，不过现在已经不怎么样了。”

小时候我和炳瑞总去同一家游泳馆，那时候我妈妈和炳瑞的妈妈会轮流送我们去游泳。炳瑞妈妈的车里总是为我们准备着哈里波软糖，炳瑞每次都会自己个儿把青葡萄味的软糖挑出来吃掉。

上小学的时候，炳瑞的爸爸将医院搬到了车站附近，招牌也从卫生院换成了诊所。听说是配置了最新的设备，医院的生意也变得红火起来。想要炳瑞爸爸亲自来治疗的话需要等好几个月。

那时候妈妈们偶尔会在我家里聚会，她们谈话中最为热门的话题一定是炳瑞的爸爸。虽然同样都是医生，但我爸爸的情况则完全不同，所以他也经常会被拿来和炳瑞爸爸的人生做比较，而炳瑞的妈妈则总是大家羡慕的对象。

在炳瑞的爸爸挣到大钱的时候，他们夫妻俩就离婚了。那时候我妈妈几乎每天都在和炳瑞的妈妈通电话，所以我也就对炳瑞家的情况了如指掌。炳瑞的妈妈离婚后就去加拿大和炳瑞的外婆一起生活了。曾是炳瑞爸爸外遇对象的高尔夫同好会大妈，现在则成了炳瑞的新妈妈。

炳瑞的妈妈去加拿大之后，一直到他的继母住进他家之前，炳瑞总会到我家里来，我妈妈悉心地照顾着他，炳瑞在我家吃得也好，心情也好，玩得也好。

当时那样弱小的闵炳瑞到哪里去了呢？

“你之前和夏琳交往了吗？”炳瑞问道。

我们俩并排坐在看台上，操场上有几个孩子在踢足球。

“你说什么呢，没有。你自己去问赵夏琳吧。”

“你以前不是经常和夏琳在一起吗？”

“只是暂时混得比较熟而已，我们不是初中同学吗？”

“那你们是暧昧关系吗？”

“你现在不是在和夏琳交往吗？”

“没错，我们是在交往。”

“那你干吗这样？你是怕我和她交往过吗？”

“应该不是。只是出于好奇而已，好奇不是很正常的吗？”

他说完便呆呆地看着我。

“看什么看。”

“那你和卢侑彬是什么关系？”

“你说谁？我和卢侑彬？”

我用手指着自己反问道。

“我们是同一个社团的，核心社团。”

“你们不是在交往吗？”

“你中午吃错东西了吧？”

“那你们是暧昧关系吗？”

“你说什么呢？”

看到我的反应炳瑞咧开嘴笑了笑。

我原本想问“你从什么时候开始这么关心我的”，全校第一每天这么有空到处闲言碎语吗？我顿时羡慕起他来。

“喂，我很忙，先走了。”

我从座位上站了起来。远处传来了遗憾的呐喊声，伴随着呐喊声足球远远地绕过了球门。

8 做好眼前的事情

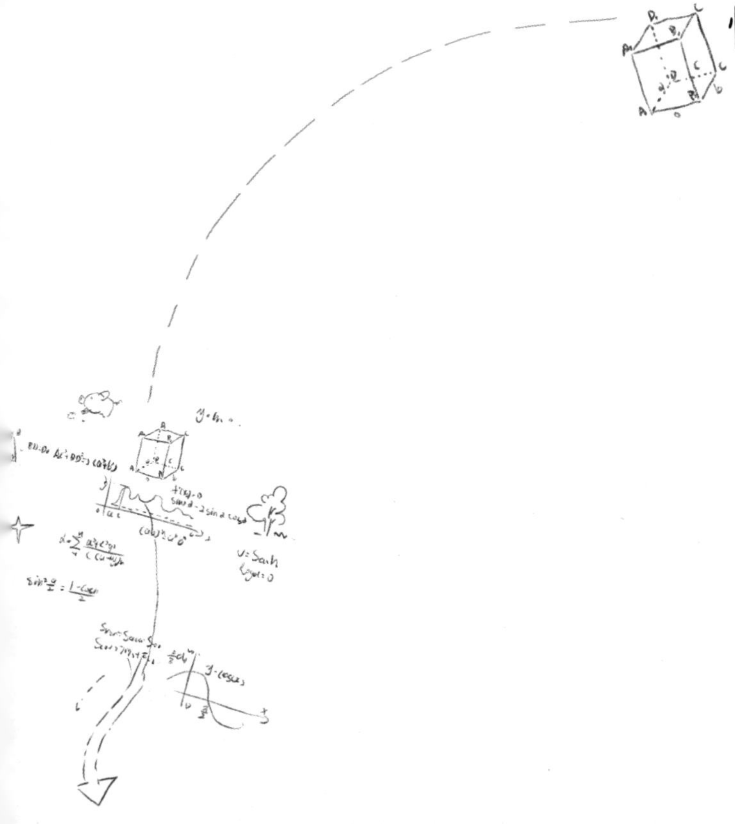

我在公交客运站给妈妈打了电话，妈妈将车停在车站对面的停车场里等着。虽然也有市内公交车可以回家，但发车量很少，所以妈妈就亲自来接我了。

妈妈走过来抱住了我，不知道是不是因为害羞，我在妈妈的怀里挣扎了一下后也悄悄地抱住了她。妈妈松开了我，用双手摸了摸我的脸颊，她的手很温暖。

妈妈开车，我坐在了副驾驶位。

“周六这个时间正是睡觉的时候，我们的俊昊真是长大了。几点起床出来的？”

“7点左右吧，比平时起得还晚呢。”

听了我的话，妈妈开心地哈哈笑了起来。汽车从开有超市、屋檐低垂的书店和照相馆的路上左转，然后缓慢通过了开有手机卖场、动物医院、农协、快递公司代理店和中学建筑物所在的繁华街道，转眼间绿色的原野映入眼帘，感觉自己连内心都变得凉爽了起来。

“妈妈，这里的孩子怎么去学校啊？”

“怎么去？你是说走读吗？根据自己家的位置各有不同吧。有走路去上学的，也有骑自行车去……对了，我还在村子里看到过校车。不过怎么了？你对这个村子里的学校感兴趣吗？”

“嗯，就是想问问。因为这次考试考砸了嘛。”

与预想不同的是，我的声音十分平静。

双亲节只是我想远离学校的一个借口而已。期中考试之后等待着我的所有状况都让我感到恐惧。而下周就会公布新一轮进入精读室的名单了，我已经感觉自己被抛弃了，就像是被剥夺了地位的市民，失去了可供落脚的地方。

“就像是明天开始减肥一样，考试这种东西原本就会搞砸的。”妈妈说道。

“还有这种说法吗？”

“嗯，这是妈妈刚刚想出来的名言。俊昊啊，你去找一个从没考砸过的人出来给我看看，考试考得不好原本就是很自然的事情。为什么？因为每个人的目标都是要考到最好。”

“即便如此……被赶出精读室的话，实在是太丢脸了。我连想都不敢想。”

“哎呀，我们俊昊怎么会说出这么懦弱的话？就因为精读室？……唉，一开始就不应该让你去那里读书的，我也跟你爸爸说过这些话。但最终还是没有和你说，你现在正是适应学校的时候，我要是说了这种话，你可能就更加不知所措了。”

“说什么啊？”

“就是这个啊。现在看也是……总之，即使没有进精读室，世界也一样很广阔，能够学习的地方也有很多。所以不要太在意这些，你也可以转学到这里来，镇里还有补习学院呢。”妈妈爽快地说道。

但是一想到转学我又害怕了起来，结交新的朋友，适应新的环境，又哪有那么容易呢？我之所以没有跟随父母一起搬过来，就是因为这个。

穿过跨江大桥，眼前便出现了一个小村庄，路边零星地开着野花。

“哎！你看看它。光是听到汽车的声音就知道是我来了。”妈妈兴奋地说道。

巴里在家门口摇着尾巴。我先下了车，虽然已经两个月没见了，但巴里还是认出了我。

爸爸正在院子里烤肉。巴里兴奋得不停地蹦蹦跳跳。拿着钳子的爸爸看见我之后张开了胳膊，我一把抱住了爸爸。爸爸变黑了，人也瘦了一些。

“肉和虾都烤好了，现在只要洗点生菜就可以了。”爸爸说道。声音听起来充满了活力。

我帮妈妈把饭、清麹酱、泡菜还有凉拌野菜拿到了院子里。伴随着明媚的春光，我们坐在院子里的平床上吃起了午饭，微风习习，河水缓缓地从脚下流过。肉几乎都让我一个人吃完了，不知道是因为这是一家人久违的聚餐，还是因为饭菜的味道实在是太好了，我连吃了两碗米饭。

吃完饭后我从包里拿出了准备好的礼物，一个康乃馨的徽章和一瓶防晒霜。

我躺在房间里看了会儿手机，然后就睡着了。醒来时发现已经到了晚上，爸爸妈妈又为我准备了丰盛的晚餐，吃过晚饭后我原本是想休息一小会儿的，没想到却一觉睡到了早晨。我本来还带了很多学习要用的东西，还有很多话想要和爸爸妈妈说。但是在家停留的这两天一夜，我却只是睡了一觉又一觉，不停地吃了睡、睡了吃、吃了又睡。

“应该要好好睡一觉的。”

吃早饭的时候妈妈自言自语地说道。可能是看到我回家以后就只是睡觉，所以才这么说的吧。因为在这之前我都没怎么好好睡过觉，所以来了以后才会一直想要睡觉。

吃过午饭之后，我收拾背包走了出来，爸爸开车，妈妈坐在副驾驶上，我坐在后座上。每到要送我走的时候，妈妈都会因为心烦而叨叨个没完。要按时吃饭，按时吃营养补充剂，要是没时间洗衣服，就把脏衣服用快递寄过来。

“我上高中的时候也经常睡不好觉，后来才知道那都是因为内心不安才这样的。爸爸上学的时候竞争也很激烈，每到考试的时候都会消化不好、内心不安、学习成绩自然也变得更差。不过后来我自己掌握了一套秘籍。”

“什么秘籍？”刚刚那番话原本是爸爸对我说的，但坐在一旁的妈妈却抢先问道。

“就是顺其自然，顺其自然。当事情摆在我面前的时候，先不要想其他的东西，只管放手去做。反正结果都不是我所能控制的，一开始就拼命去想结果，反而会让自己变得更加不安起来。”

虽然我不太理解爸爸的话是什么意思，但我还是习惯性地点了点头。

“别太担心，我活了这么久才发现学历并不是那么的重要，现在看来爸爸的学历是很好，在向别人介绍的时候可以自信满满地讲出来。但以后重视实力而非学历的领域会越来越多，所以你不要想太多，要尽可能地快乐地生活。”

“你已经过了那个年纪了，说起这些来当然很容易。

孩子的心哪是那么容易就能放下的？大学都是之后的事情，现在阻碍孩子的问题不是精读室吗？”

妈妈像我的发言人一样回敬了爸爸一句。

“那个精读室，不能马上离开吗？在那里学习的感觉好吗？”爸爸问道。

“嗯，刚开始觉得有些郁闷，最近觉得还挺不错的。”

“原来如此。不过应该也有其他不错的读书室吧。以防万一，爸爸妈妈去帮你找找读书室吧。”

原来如此。听到爸爸这样说我忽然觉得问题变得简单了起来，如果被挤出精读室的话，去读书室里学习不就行了。

“要是想上校外辅导或者补习学院的话就告诉我们，你不会是因为担心我们才不去补习学院的吧？”妈妈说道。

“不是的，有很多学生都不去补习学院学习的。”

“好吧，如果觉得考试有些吃力的话就去上补习学院，而且去上补习学院的话，就不用在意精读室什么的了。市民中学妈妈们的聊天群我还留着呢，我了解补习学院的信息，你要是想上就随时告诉我。”

我能够感觉到爸爸和妈妈都在努力地安慰着我。在公交客运站分开的时候妈妈也抱着我说——

“如果觉得累了就转学到这里来，不要太担心。”

检票后我上了公交车。望向窗外时爸爸妈妈正在向我挥手，我也朝他们挥了挥手。

公交车驶出车站的时候我回头看了一眼，爸爸妈妈仍旧站在那里，他们的身影变得越来越小，我的鼻子也跟着酸了起来。我眨了眨眼睛，但眼泪还是流了出来，鼻涕也跟着流了下来，拿出纸巾擦的时候眼泪哗哗地流得更加起劲了。

晚饭时，我和叔叔一起去吃了五花肉，叔叔还喝了点烧酒。这时叔叔暗示我说自己有了女朋友，甚至在考虑和她结婚。如果叔叔结婚的话我该怎么办？我马上就想到了这个问题。

趁着这个契机，我小心翼翼地提起了转学的事情。

叔叔说：“你以为转学很容易吗？还是好好想想再决定吧。我上初中的时候就是因为转学而错过了学习的时机。转学就像是移民一样，是在转移你已经长好的根。我这么说你是不是觉得有点太夸张了？反正我是不喜欢转学。”

“该去的话还是要去的吧。爸爸妈妈住的地方也有可能是我的根啊，我才只在斗城高中学习了两个月而已。”

“好吧，那就随你便吧，反正这也是你自己的人生。还有，为了防止你胡思乱想，我还是要告诉你，就算我结婚了，我们也还是要在一起生活，如果你继续留在斗城高中读书的话。”

叔叔有点醉了。结婚后还和我一起生活？这是什么话。不过我还是十分感激他。

可能是因为在父母那里睡得太多了，晚上回家我一直睡不着觉。不对，其实自从上高中以来我就几乎没有睡过午觉。直到凌晨我才稍微睡了一小会儿，没多久就被闹钟吵醒了。

我从冷冻室里拿出两份鲍鱼粥放进微波炉里加热，然后匆匆去卫生间里洗漱，等我出来的时候叔叔已经将餐桌摆好了。我们面对面坐着吃起了鲍鱼粥，星期一的早晨总是无端地感到忙碌。

上学的路上有很多像我一样骑着自行车的孩子。我在学校的自行车停放处遇到了炳瑞，他今天也是骑着电动滑板车来的。

“我的头盔怎么样？”炳瑞笑得像个孩子一样，指着自己银色的头盔问道。

“不错。”

我原本不想理他的，但最后还是改变了主意。这都要怪妈妈，我回家的时候妈妈向我询问了炳瑞的情况。我对他了解得也不是太多，就告诉妈妈炳瑞过得挺好。但当我说到炳瑞这次考了全校第一时，妈妈的反应却是这样。

“太好了。也是，炳瑞他爸爸的那个急脾气可不是闹着玩的。市民中学孩子的妈妈们都知道，炳瑞的爸爸为了送炳瑞去医科大学费了多少心思。不过，炳瑞还是听话地配合着他爸爸，能够一直都做得这么好，真是不容易啊。”

妈妈一点都没觉得是炳瑞抢了我的位置。她似乎对于炳瑞小时候经历的那些痛苦仍然怀有一些惋惜之情，大概是受到了母亲的影响，我对炳瑞也讨厌不起来了。

“这是我继母为了祝贺我得了全校第一专门去给我买的。你看这里有一个摄像机，这跟我以前戴的那些普通头盔可不一样。你见过这样的头盔吗？这个头盔里还设置有黑匣子。我可是消费先锋呢。你看滑板车这里还安装了GPS警报装置。”炳瑞兴高采烈地说道。

虽然我不能这样一味地讨厌他，但他实在是很幼稚。

“真好啊，好羡慕你啊。”

我凝聚起自己全部的灵魂，才违心地说出了炳瑞想要的答案。事实上，在获得全校第一名光环的同时，骑着昂贵滑板车出现的炳瑞看起来确实很帅气。

炳瑞和我进入玄关向教室走去。此时夏琳正站在玄关的水族箱前看着炳瑞，但炳瑞却看也没看夏琳就径直走上了楼梯。这是什么情况？他们两个人吵架了吗？

嗯，这显然并不是我该管的事情。

我来到教室放下书包，忽然感到后脑勺传来一股凉意，回头一看就发现夏琳正在我们班教室的后门站着。

“我们谈谈吧。”

夏琳的语气很有攻击性，眼神也很坚决。虽然我还要做第二节课的综合科学作业，但看夏琳这气势我也不得不跟着她来到了走廊上。

“你跟炳瑞都聊了些什么？”

夏琳继续对我刨根问底。我们面对面地站在几乎没人来往的电梯前。

“我说什么了？”

“你跟他说了我什么！”

看看她！真是让人哭笑不得！他们俩之间到底发生什么事了，星期一一大早就跑来对我兴师问罪，没头没脑地在这里又吵又闹的？

“你说我能跟他说你什么？”

我也跟着提高了嗓门，幸好现在旁边没有人。

“你真的什么话都没说吗？”

“你到底什么意思？”

“啊，真是的！烦人，烦死了。”夏琳激动地摇晃着肩膀说道。

不知是不是因为这动作，夏琳烦躁的情绪看起来仿佛增加了10倍。我很好奇她为什么会这么烦躁，但我没有问。因为我知道即使我不问，她也会立刻说出来的。

“那他为什么会突然把我甩了！他算什么？我想知道到底是什么原因，可他就是不肯说，所以我就想当面问问他，但你刚才也看到了吧？他竟然就那样硬生生地从我的面前走过去了！啊，真是的，我甩他也就甩了，可我从来没有被人甩过。他以为自己长得有多帅啊，甩我？”

夏琳已经有点神志不清了。哪怕只是短暂的恋爱，当经历失恋的时候也会让人有点抓狂。不过我并没有草率地上去安慰她，因为我知道只要我说出一句话，她就一定会喋喋不休地诉苦，直到上课铃响起为止。我必须尽快回去完成综合科学作业了。

毕竟我勉强保住了在精读室学习的资格。

回去的路上我在走廊里碰到了升学部部长，吓得我赶忙跑回了教室。无论如何我都要躲开他，他只要看到我就肯定会说出那番话的。已经“定居”在补习学院的建宇，似乎已经不再迷恋精读室了。

最近的天气，一到正午时分就很热，中午踢完足球回来的同学们浑身都湿透了。很多学生在第5节课打起了瞌睡。虽然大家还在继续等待着阶段性评价，但学期初教室里的那种紧张氛围已经有所缓解。花香不时地透过开启的窗户飘进教室。

神奇的是，从爸爸妈妈那里回来之后所有事情似乎都迎刃而解了。老师们也开始关心起我来，吃午饭的时候，有时会到我们的座位上来问问，炳瑞也似乎变得宽厚了不少，只是夏琳每次看到我时都会斜着眼睛瞪我一眼。多了转学这一个选项之后，我的心里也踏实了不少，我打算等第一学期期末考试结束之后看情况再做决定。

宝娜前辈已经有一周左右没来学校了，前辈是非营利性国际组织主办的“国际青少年环境会议”韩国代表团的成员。来自各个国家的青少年们聚集在位于江华岛的企业进修院，对气候危机及其解决对策进行讨论。前辈的父母坚决反对宝娜前辈去参加这次会议，他们认为这种不能写入生活记录簿中的活动都是在浪费时间。尽管如此，前辈她也丝毫没有退缩，如果不允许她参加这次会议，她就会直接退学，以这种方式与父母进行对抗。前辈已经逐渐进入了战斗的状态。

“没有经历过单恋痛苦的人是不足以谈人生的。”建宇长叹一口气说道。

我和侑彬则常常聚在一起安慰建宇。为了每天见一次宝娜前辈，建宇总是在二年级的教室门口探头探脑的，其他的时候就只能看宝娜前辈的SNS聊以慰藉。

宝娜前辈去参加会议的那个周六，核心社团没有举行讨论会议，不过那天上午博物馆有志愿活动。

侑彬和我还有一名二年级的前辈一起帮助小学生参观团进行了官帽制作的体验活动。原本四个小时的志愿服务时间，只进行了三小时十分钟就结束了。时间过得很快，我的心情也无比地舒畅。每个学生都十分认真地在学习，让我更加觉得这件事十分有意义，心情也变得更加愉悦。

志愿活动结束之后，我和侑彬坐上了去学校的公交车。我准备去精读室，侑彬她也有事要去学校。前不久侑彬和宝娜前辈就开始投喂学校后山的猫咪们，今天早上出来的时候侑彬也带了猫粮。

“不知道能不能和你说这些话……啊，不对。”

我们从学校门口下车一起往里走时，侑彬说道。

“什么呀？你想说就说啊，咱们俩之间还有什么话不能说的？”

说完这句话后我也觉得有点尴尬，我是不是有点太自信了。说不定侑彬并没有觉得和我有多亲近。但可以肯定的是，至少我自己认为我们之间的关系还是不错的。

这些朋友也是我没法轻易就决定转学的原因。建宇、侑彬和宝娜前辈，我的人生中还能够再遇见像他们这样的朋友吗？

“你和炳瑞……不对，你不是说你现在已经和闵炳瑞不熟了吗？”走进校门的时候侑彬说道。

听到闵炳瑞这个名字的瞬间，我不由自主地蹦出一句充满厌烦的话语。

“不熟，一点都不熟。为什么大家都在问我和炳瑞的事情？”

夏琳到现在好像还以为是因为我对炳瑞说了什么她的坏话，才导致她被甩的。所以她只要一见到我就会瞪我。

“不是，不是那样的……”侑彬尴尬地说道。

“……炳瑞他表白了，对我。”

什么？我刚刚听到了什么？

“闵炳瑞？告白？对你？”

我的声音变得更大了，炳瑞才刚和夏琳分手没几天就跑来跟侑彬告白？他就算是经历了死而复生，做出这种事情也让人无法理解。

“我也没想到，其实谁喜欢自己原本就是能够感觉到的。我就想着原来他喜欢我啊。但我真是完全想象不到，我还以为他只喜欢漂亮的女孩子呢。”

“怎么了，你不是自我肯定式美女吗？”

“啊，没错，说得也是。”

侑彬笑了起来。

“所以呢？你决定和他交往了吗？”

“你说什么呢？当然没有。我跟他说我不愿意。”

“为什么？”

“我不是说过吗？我还不想交男朋友。而且我也不太喜欢炳瑞这种类型。”

听到侑彬的话我的心情变得非常舒畅，侑彬果然很会看人啊。

“不喜欢就算了呗，难不成被表白就一定都要交往吗？”

“但是，事情还没有结束。”

“还有什么？”

“炳瑞他，有点奇怪。我说我不想交男朋友，结果他就对我发起脾气来。说什么你明明不想交男朋友，那为什么还总和俊昊凑在一起？喂！这两者之间有什么联系吗？反正我能感受到我拒绝他这件事情，让他感到十分气愤。那感觉就像是在说，我闵炳瑞都向你表白了你居然敢拒绝我？”

“那家伙真搞笑啊，他这算是王子病吗？”

“我也不知道，总之发生了这样的事情，我很想要找谁倾诉一下，但宝娜姐去参加会议了，我也没法对别人说。不过俊昊，你应该不像我这么爱说话吧？你可千万不能让炳瑞看出来你知道这件事了，你明白吧？”

我重重地点了点头。

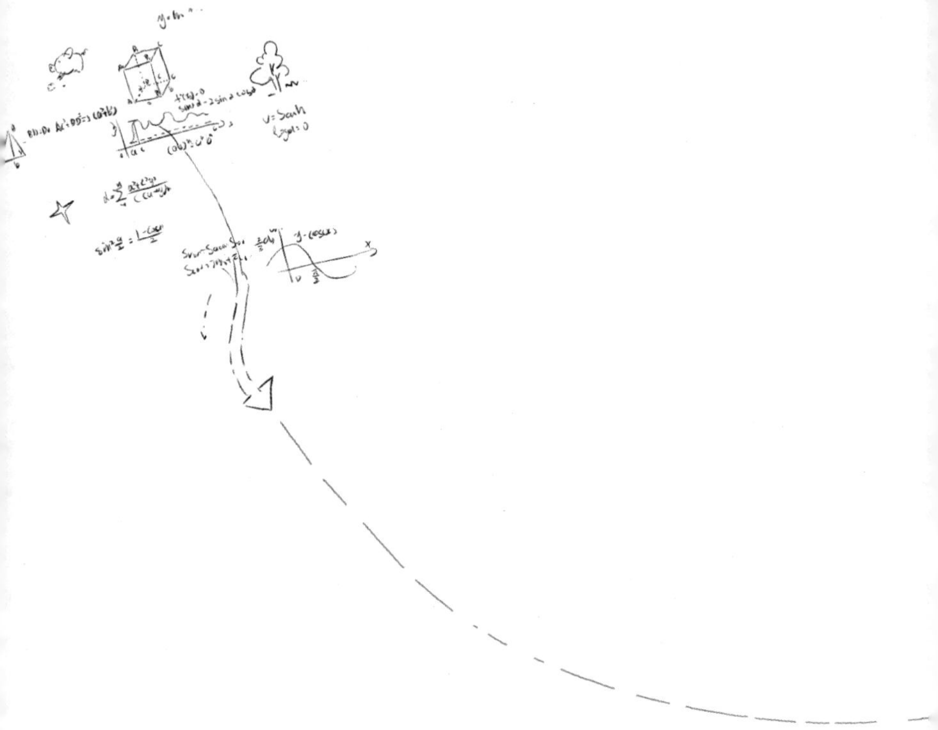

9 跳过不喜欢的菜单

一打开精读室的大门，我就感觉有点喘不过气来。这里的每个座位上都有隔断，所以无法准确地进行确认，但我还是偷偷观察了一下，没有看到空着的座位。今天是星期六，大家是从上午开始就到这里学习了吗？之前周末还是会有零星的几个座位空着，但这次更换了成员之后的精读室，气氛变得更加恐怖。这与随着天气变热而变得松散的教室氛围截然不同。

我的左边和右边都坐着陌生的同学，对面的座位也已经换了其他人。

我坐在座位上正想把手机调成静音，就收到了建宇发来的短信。

——补习学院出了数学真题的分析试题集，我借给你看看吧？你要是有想法的话，咱们待会儿补习学院下课后见吧。

我简直太感动了，真是太感谢我的朋友了。

我将手机放进包里翻开了记录错题的笔记本，在上面写下了我期中考试时做错的题目，仔细地分析自己都有哪些部分出了错。全部都整理好之后我意识到了自己的问题。

我最大的问题是失误。说实话，失误也是个人实力的表现。只要自己的实力够强，那么失误什么的也就无可遁形了。可我的情况却有所不同。

我做错了很多自己会做的题目，为什么会出现这样的问题呢？爸爸之前所说的话让我找到了问题的源头，那就是不安感。在需要精力高度集中的瞬间，那些不安感侵蚀了我的大脑，在这种四周都是“障碍物”的情况下，我的大脑就无法有效运转。我太过执着于考试的结果，才总是在正式考试的时候出岔子。正因为如此才会有人说“对考生来说最重要的是调整心态”。

我决定接受爸爸的建议，顺其自然，把握当下。在此刻就做好我此刻该做的事情。

我决定每天都按照当日的学习目标进行，每天只要完成这个计划就可以了。如果按时完成了学习计划就奖励一下自己。如果对于结果的执念再次浮上心头，就像这样许愿。

“请让最后的结果对得起我付出的努力，我不奢望出现超越个人实力的结果。只要这结果公正可靠，我便欣然接受。”

正在我认真解答数学题集的时候，邻座挂着首尔大学照片的同学忽然戳了一下我的肋骨。然后他连看都没看我一眼就递过来一张纸条。

——你翻书的声音太大了。注意一下。

我？我立马产生了逆反情绪。难道不是你太过敏感了吗？这位朋友还给自己右边的学生传过一张纸条让人家不要放屁。结果那个学生跟升学部部长说明了情况，然后就换到角落的座位去了。

这个人是传纸条爱好者吗？放屁的人走了现在轮到我碍他眼了吗？虽然这样的想法不断地在我的脑海中涌现出来，但我还是忍住了。“很抱歉，我会注意的。”我将这句话写在纸条上传给了他。其实我今天因为解题解得特别顺利整个人都很兴奋，所以可能真的翻书翻得很大声。

我把学习计划中剩下的两章做完之后就收拾书包准备离开，又害怕邻座的学生误以为我是因为生他的气才早早离开的，所以又递给了他一张纸条。

——我以后会小心的。我先走了，好好学习。

建宇还要过段时间才能到。由于白昼变长了，外面的天到现在还亮着。我想出去散散步，于是便走去了后山，然后在步道的入口处碰到了侑彬。

“你还没走啊？这么长时间都干什么了？”我问道。

侑彬不知是从哪里过来的，身上还背着一把原声吉他。

“啊，我去给猫喂过饭之后，有个朋友联系我说，要把上次借走的吉他还给我。正巧他就在学校附近，我们见面之后相互倾诉了一下彼此的烦恼，就一直在后山上聊天。”侑彬说道，声音清脆悦耳。

侑彬说她会陪我等着建宇来，于是我们转身向操场的方向走去，我们两个人并排坐在足球门柱后面的长椅上。

“不过，你还会弹吉他吗？”

“嗯，会一点。”

“舞也跳得好，讨论也做得很好，居然连吉他也弹得这么好？你到底还有什么不会的东西啊？”

“是啊，我不能再这么完美下去了。”

侑彬耍起了贫嘴，眼睛又笑成了月牙状，我也跟着她一起笑了。

侑彬像是忽然想起什么似的，然后从口袋里掏出了手机给我看了看她的SNS。

“锅盖队得第一！”

这是侑彬上传在SNS的最新文章，文章同时还附上了名为“锅盖配方”的视频链接。

“这是什么？”

“这是我的朋友们向发明大会提交的视频，我想让你帮忙给它点个赞。”

“发明大会？”

“嗯，现在正是他们学校的发明周，视频的点赞量够多的话会有加分。”

我马上拿出手机为锅盖队的视频点了赞，并留言说“望你们的点赞量获得第一”。然后我问了侑彬一个从刚刚开始就一直十分好奇的问题。

“不过你为什么不喜欢炳瑞这种类型啊？我看其他学生不是都很喜欢炳瑞的吗？”

面对我突如其来的提问，侑彬盯着我看了一会儿。

“你怎么到现在还在想这个问题啊？那咱们现在开始做个约定，你绝对不能把炳瑞向我表白的事情传出去，明白吗？只要你保证，我就回答你的问题。”

我点了点头，然后伸出小拇指。我们用小拇指拉钩做了约定还击掌“盖了章”。

“反正，就是……不够吸引我呗，还能有什么呢？怎么说呢，我不是那种正确答案的‘自动售货机’，比起一味地学习，我更喜欢那种不畏艰难险阻也要寻找自己人生真谛的人，就像宝娜姐一样。”

侑彬果然是看透了一切，她没有被闵炳瑞光鲜的外表蒙蔽。我的心里莫名地产生一种满足感，不由自主地点了点头。

这时，我看到建宇走进了校门，我们使劲地朝他挥着手。

“万分感谢我的朋友！我以后给你煮100个拉面。”我接过试题集说道。

建宇他扑哧一下笑了出来，然后拍了拍我的胳膊。

“你们看宝娜前辈的SNS了吗？”

建宇拿出手机递到我们面前。宝娜前辈的SNS上上传了一张会议照片和一段会议的视频。是宝娜前辈在会议上就气候变化进行讨论时的过程，因为他们全程都使用英语交流，所以我没有全部听懂。内容大概是讲全球变暖和北极熊的生活及其死亡的事情。

“马上点赞。”建宇表情坚定地说道。

侑彬和我马上拿出手机给那个视频点了赞，侑彬还发表了评论。虽然宝娜前辈优秀的实力在增加我自己的自信心这件事上没有什么帮助，但我还是真心为她感到自豪。

虽然已经到了5月份，但还是有同学穿着开襟羊毛衫。夏天的脚步已经越走越近，仿佛是赶着来包裹大家寒冷的内心。期中考试结束后又接连进行了阶段性评价，模拟考试也是迫在眉睫，根本不给人喘息的机会，考试、阶段性评价、各类比赛然后又考试……去看足球比赛的事情仿佛已经成了遥远的过去。

我在食堂里碰到了建宇和侑彬，我们一起吃了午饭。我把试题集还给了建宇。

“这么快就做完了？真厉害。啊，也借给你看看吧，侑彬？”建宇对侑彬说道。

“不用了。”

“为什么？”

“喂，我要是连学习都好的话该怎么办啊，你知道有多少人想看着我受挫吗？我总得有一样不擅长的事情才行。”

侑彬的话让建宇和我把饭都喷了出去，三个人笑了半天之后，侑彬从口袋里掏着什么东西。

“来，礼物。”

是足球形状的钥匙链。

“这是从哪里来的？”

“前几天宝娜姐过生日，我去给她买了带有水原队标志的巧克力作为生日礼物。买东西的时候顺便也给你们买了点。”

这个带有足球装饰的钥匙链既小巧又漂亮。

建宇在宝娜前辈去参加会议之前就提前给她送了生日礼物。这家伙问了我一百万遍送什么礼物好呢。最终，建宇在社区书店内买了前辈喜欢的作家的新书，还买了和书本配套的阅读支架，前辈她应该会很喜欢。我送给前辈的是电子的饮料兑换券，这样看来我的礼物实在是没什么诚意，自己之前还用了前辈的网课听课证呢。下次我再去父母那儿的时候一定要带点东西回来送给前辈。

“侑彬，你喜欢把钱花在这种地方啊？”建宇把玩着钥匙链问道。

“零花钱攒起来不用在这些地方用在哪里呢？”

“你对衣服、包包、鞋、化妆品这些东西都不感兴趣吗？”

“嗯，不太感兴趣。我本身就是人间精品，所以穿什么都好看。”

此刻建宇和我又爆发出了笑声。

“但是贵一点的东西会更好看吧。”褪去笑意的建宇问道。

“是啊，贵的东西确实很漂亮。不过那些又贵又漂亮的东西摆在我面前的时候，我也只是会感叹一句‘哇，真漂亮’，仅此而已。我从来不去幻想那些不属于我的生活，我现在，只想要过我自己喜欢的生活。”

就在那一瞬间，我看到侑彬的眼中闪着光芒。

我现在，只想要过我自己喜欢的生活。我在心里反复地琢磨着侑彬最后说的这句话。每次和侑彬对话我都能感到自己燃起了对生活的热情和渴望，看到侑彬那坚定的眼神，我好像也想要成为更好的人。

我们走出食堂向后山走去。

今天的天气十分晴朗，操场上有很多孩子。树木的绿意日益浓厚，有一些孩子拿出手机给天空和周围的花草拍着照片。

我们在步道的入口停下了脚步。

“这周不是有社团会议吗？”侑彬说道。这次的主题是“阶级阶层与社会融合”。“除了前辈们给出的那些文章，我还自己阅读了很多其他的资料。我昨天读了美国某位名门出身的作家写的随笔，看起来他应该出身于那种世世代代积累财富和权力的家庭。不过他在书里诉说自己上的是公立学校，每天坐校车上下学，为了挣零花钱还做过很多兼职，而且他家的家风好像就是如此。可他却发现自己周围的那些富家子弟们，每个人都没有什么人生目标。大概是因为自己已经拥有了足够多的东西，所以在他们的生活中已经没有什么想要追求的目标。在这种状态下他们便开始吸食有害药品。所以这位作家主张，人应该自己开拓自己的人生，在这种情况下适当的物质匮乏就是生活的必需品。大概说的就是这个意思。”

“这样下去你都能写一篇论文了，前辈们给的那些文章已经够难读的了，你怎么还有时间去读那样的书？”

“你不觉得很有意思吗？读完那本书之后我忽然觉得很庆幸，我的人生并没有给予我过多的东西，所以我也完全没有放弃自己的必要了。”侑彬笑着回答了我的问题。

“没有放弃自己的必要”这句话听起来真是风趣，我也跟着笑了起来。

一走进绿色的树林，树木的清香便扑面而来，隐约间还能闻到一丝洋槐花的香气。

“看那里！”

建宇和我同时看向了侑彬指着的那棵松树。一只青鼠正沿着松树的树干蹦蹦跳跳地向上爬着，我本以为它会爬到树顶上去，没想到它一下子就跳到了旁边的那棵树上。

我拿出手机准备拍摄视频，拍摄的过程中青鼠没再跳到其他树上。

这时有一群男同学从树林里走了出来，大家都是一年级的新生，不过并不在同一个班级里。那些学生从我们旁边走过时咯咯地笑了起来，有几个学生偷偷地回头看着。他们互相之间在嘀咕着什么，可我实在没听清楚他们到底说了些什么，只是隐约听到了“鸽子眼”之类的词。

“为什么我忽然觉得心情有点不爽？”建宇低声说道。

我也觉得那些同学很碍眼。

“反正我要回去了，我昨天没睡好，回去小睡一会儿吧。”

建宇朝我挥了挥手。

“一起下去吧，午休时间也没剩多久了。”侑彬说。

虽然感觉有点遗憾，但也没有什么办法。

我们从山上下来走进操场的时候，建宇说道：“我先走了，一秒钟我都不想浪费。”

他留下这句话后就匆匆向前跑去了，侑彬和我看着他的背影慢慢地向前走着。

“你看过食堂今晚的菜单了吗？真是不怎么样啊。所以说……”我们从足球门柱旁经过的时候侑彬说道。

“那晚饭去外面吃吗？”

我听说侑彬职业高中的那位朋友所属的锅盖队做了件大事，他们用提交给发明大会的创意配方与地区的烘焙公司签订了MOU[①]。而今天就是用“锅盖配方”制作的面包上市的日子。

“今天面包店有活动，我们去买面包吃吧。把购买面包的照片发在SNS上的话，还会获赠饮料优惠券。怎么样？想不想去看看？”

① MOU：memorandum of understanding合作备忘录。

我点了点头。听了侑彬的话我瞬间兴奋了起来。这时午休结束的钟声也响了起来。哒哒哒哒哒，哒哒哒哒哒，斗城高中的铃声是《少女的祈祷》。很多同学正匆匆地向玄关走来。

我们急急忙忙地爬上楼梯，不知怎的我忽然感觉后脑勺在发烫，回头看了看，是炳瑞，炳瑞走过来瞪着侑彬。正当我感到一头雾水的时候，炳瑞已经从我们的身边闪了过去。

10 为没精打采的朋友送上一碗粥

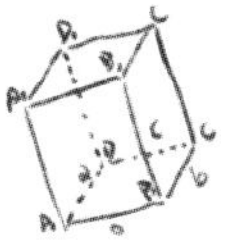

我们来到了面包店所在的大街上，可能是因为正在做活动，面包店内已经没有空座位了，收银台前也排起了长龙。利用锅盖配方制作的土豆面包摆在店里最显眼的活动柜台上，堆得像小山一样高。

我们买到面包后就步行去了附近的游乐场，这大概是学校周边最不受欢迎的游乐场了，里面连一个孩子都没有。侑彬和我爬上了滑梯，原本想要像来野游的孩子们一样坐在滑梯上面吃面包的，但走上去之后发现空间变得太狭窄了。我们又顺着滑梯滑了下来，并排坐在了长椅上。

土豆面包中加入了洋葱，散发出一股独特的香气。侑彬问了我很多遍面包有多好吃，我也回答了很多遍“非常好吃”。

“你和‘锅盖朋友’的关系有那么好吗？那你是选核心社团还是选锅盖队？如果只能选择一个的话。”我调皮地问道。

这时侑彬直勾勾地看向我。“那你是喜欢妈妈还是喜欢爸爸？这都是同一个性质的问题。俊旲啊，你这是吃了好吃的之后忽然想要变成小朋友了吗？”

“我就是好奇嘛，你就说说你脑海中闪出的第一个答案。”

“那你觉得是胳膊重要还是腿重要？肾脏重要还是肝脏更重要？你的问题不是跟这些问题一样吗？大家都是我珍贵的朋友。”

“是吗？那你听这个问题怎么样。你是喜欢郑浩彬还是喜欢我？你是选择作为粉丝的情感还是选择友情？”

“哇，你现在是把自己和郑浩彬并列放在一起吗？”

我们相视而笑。和煦的风从耳边吹过，夕阳像赶着回去休息一样渐渐地消退了。

侑彬的演讲稿写得非常诚恳，整体的逻辑结构十分严谨，通过演讲稿的内容也能够清晰地感受到她思考的过程。但宝娜前辈还是犀利地指出了她的漏洞。

“能够提出‘年幼时不存在社会层级之间的接触点’这一社会问题，说明你在思考的时候拥有非常优秀的整理意识，这里对‘大家都贫穷的时候独享财富的人并不能感到幸福’的心理学论文的引用做得也很不错。但结论中是不是太过突兀地跳过了‘社会融合’这个内容？”

听过宝娜前辈的点评，我发现好像确实是这样。侑彬听到这些话后也点了点头。

“我确实没有想好应该怎么得出结论，为此还专门找了北欧的一些模型……不知道应该实施一些什么样的政策。所以我将这部分设置为我讨论的主题。”

虽然表述得不太清楚，但侑彬的声音依旧不卑不亢丝毫没有退缩。

“但是呢……”

每次讨论时都沉默寡言的我忽然开口，引得大家都看向了我。

“说实话一无所有就会被大家无视，这不就是现在的社会现实吗？所以大家才都想要努力上好的大学，才想要多挣点钱。虽然大家常说按照自己的人生节奏生活就可以了，但事实上总有很多与个人意志无关的东西在牵绊着我们。比如，进入社会之后，我们都有可能会遇到那种作威作福的神经上司。”

“我为什么要找一个作威作福的神经上司？而且我好像也从没感觉自己被无视过呢？”

“总有很多事情是无法被我们的个人意志左右的，这些情况都是无法避免的。”

“那你当初为什么要忍受刁难呢？”

哦吼，建宇发出了一声应和。

“那些作威作福的人不是坏人吗？因为不想被刁难就要爬上阶级的梯子吗？就不能消除作威作福这种现象吗？”

面对侑彬无所顾忌的回答，另一个孩子站出来说道。

“这话说起来简单但实施起来却并没有那么容易。你打算用什么办法去阻止那些以权谋私的人呢？”

“当然可以阻止了，只要我们建立起一个系统就可以了。”

“什么系统？”

“就是阻止大家作威作福的系统。无论是制度、文化还是伦理都应该达成一个共识，要让大家从认知中明白，以权谋私是十分羞耻的行为。国外针对这些问题制定了非常严密的法律系统，也有很多国家出台了禁止歧视的法规。不管怎样，我相信有很多人都在努力使我们的社会变得更加美好。”

大家听了侑彬的话都点了点头。

每次和侑彬对话的时候，我都能感觉到每个人都是珍贵而又了不起的存在。不轻易失望、不轻言放弃的侑彬，她的力量到底又来自哪里呢？

讨论会议在规定的时间内结束了，大家一走出学研咖啡馆之后便纷纷散去了。建宇着急地跑去赶开往补习学院的公交车。

我从卫生间出来向外看了一眼，正巧看见侑彬和宝娜前辈站在前面的林荫道旁。两人交谈时的表情显得既严肃又认真，她们是在说讨论会没讲完的事情吗？这时有辆车靠边停了下来，宝娜前辈拍了侑彬的后背然后上了车。

我打算吓侑彬一跳，于是悄悄地走到她身后说道。

“你要去吃面包吗？锅盖牌土豆面包！”

但侑彬却摇了摇头。

“我要回家了，下次再吃吧。”

她的声音听起来十分虚弱无力。这样说来，侑彬今天讨论时的状态也和平时不同，脸上没有一丝笑容。

“怎么了？发生什么事了吗？”

“没有，只是……俊昊，你有听过关于我的传闻吗？”

“什么传闻？”

“我总觉得同学们最近都拿异样的眼光看着我，大概是我的错觉吧？”

“为什么呢？啊，是因为你太过完美了吗？”

听到我的玩笑话，侑彬却只是苦涩地笑了一下，然后向我挥了挥手，慢慢地向公交车站走去。她怎么忽然变成这样了呢？怪让人担心的。

模拟考试我考得还算不错，但具体的情况要等到排名出来后才能知道，目前就只能是这样了。

模拟考试的这几天学校是不供应伙食的，也不用上晚自习，当然，精读室依旧是个例外。考试一结束，建宇就到我们教室来了。

“你叔叔今天几点回家？”

听这个意思他是想和我一起回家。哎呀，不管了。我也不上晚自习了，管它精读室什么的。为了这次模拟考试，我大脑中的电量已经全部耗尽了。

我们一起走回了我家，由于白昼时间的延长，即便是到了傍晚外面的天也仍旧亮着。我们紧贴着背包的后背已经被汗水给浸湿了。

一回到家我们就轮流洗了个澡。我原本想要煮拉面来着，但被建宇极力制止了，他十分不信任我的厨艺。

“早知道我就去上烹饪专业的高中了。”

建宇将煮拉面的水放在火上，咯咯地笑了起来，在我们吃拉面的时候模拟考试的等级预测图片也出来了。

“不要说，我等一下会亲自确认的。我要等到精神都恢复之后再去确认，所以你千万不要告诉我，知道了吧？”

“知道了。不过建宇你拉面煮得确实非常好吃。”

“是吧？不知为什么，我有一种强烈的预感，我做其他料理也会做得非常好，像是烤面包之类的。我打算高考结束之后去面包培训学校学习一下，其实去年寒假的时候我就很想去学了，但完全没法去。在斗城高中入学之前，我没有那么大的自信去面包培训学校学烤面包。”

建宇一边吃着拉面一边喋喋不休地说着，吃的时候嘴里还故意吧唧吧唧地发出声响。而他之所以这么做，还是因为承受不了压力。

洗完碗后忽然觉得肚子有点痛，于是我拿着手机走进了卫生间。再次确认了一下模拟考试的等级预测图片，各个部门发出的等级预测图片都差不多。但按照标准分数来看，我的考试成绩并不理想，大概是因为模拟考试的题目比较简单吧。所以也不用再看期末成绩了，我真的要从精读室收拾东西走人了，该死！

关于转学的损益表我已经做了不是一次两次了。首先能够和父母一起生活，而且因为学校比较小，所以竞争压力也会相对较少，不必像现在这样每天生活得像是在打仗一样，这样想来转学的优点其实有很多。

但这些保证就能成为优点吗？学校小竞争压力就小的根据又是什么呢？

啊，不管了！先将这一切忘掉吧。今天把模拟考试什么的抛诸脑后，回房间里好好玩一玩。

从卫生间出来时，我发现建宇正呆呆地坐在沙发上看着我。建宇也看过模拟考试的等级预测图片了吗？

“你看看这个。”建宇故意表情严肃地拿出了手机。这是一篇名为《“心机女”的特点和应对方式》的SNS文章。这个怎么了？

“这是闵炳瑞写的。”

仔细一看确实是闵炳瑞的SNS，这时帖子的点赞数已经从54增加到了55。

“不过，这怎么了？”

“你看看底下的评论，不觉得有点酸吗？”

这样一看确实是有很多留言。

——心机女好啊，遇到了就快跑。哈哈哈

——要小心耍心机的女人，会让人产生“你不是喜欢我吗？”的错觉。当你靠近的时候，她又会马上把你甩

掉。经验者。哈哈哈

其中一个留言非常引人注目。

——一年级不就有一位耍心机的代表选手吗？鸽子眼。

这条留言下面有非常多条回复，几乎都是嘲笑着表示赞同的内容。

“鸽子眼？”我说道。

“这件事和侑彬有关系，那些讨厌侑彬的人给她起了个外号就叫‘鸽子眼’。”建宇满脸担忧地说道。

那篇文章被炳瑞和SNS上的一些朋友转得到处都是。此时得意忘形的炳瑞又在SNS上上传了一首以厌恶女性的歌词而闻名的歌曲。“丑陋的东西如果假装漂亮就会发生的事，沉醉于整容和名牌包的女人们怎么办”的嘻哈歌曲。这首歌上传不到半天点赞数就超过了100。

第二天中午我和侑彬、建宇还有宝娜前辈一起吃了午饭。宝娜前辈知道了那篇文章之后提议要一起吃饭。有几个学生就这样看着我们明目张胆地咯咯笑了起来。即便我不想再为这些家伙费神，也有点吃不下去饭了。

“原来我的外号叫‘鸽子眼’啊。我都不知道呢，是因为我的眼睛长得像鸽子吗？”侑彬自言自语地说道。

虽然她看起来是笑着，但声音却没有一点儿力气。

“一群懦夫，总是在路过别人的时候卑鄙地窃窃私语，现在居然连SNS都动用起来了。侑彬啊，你别在意那些孩子的话了。”宝娜前辈说道。

宝娜前辈看起来也没什么胃口，从刚才开始就一直在用筷子敲打着饭粒。

“就是，别理他们。”建宇也安慰起了侑彬。

就在这时我站了出来。“我觉得……炳瑞这都是因为被侑彬给甩了。前不久炳瑞他跟侑彬告白了，因为侑彬不接受自己的告白，所以他恼羞成怒进入了攻击模式，想要找到一些支持自己的人。”

我的话让咬着满满一口江米条的建宇瞠目结舌，沾满口水的江米条顺着下巴掉了下来，建宇赶紧用手把它捡起来放进了嘴里。

我知道，自己不应该在这种场合说出侑彬要求我守护的秘密，我在告诉建宇和宝娜前辈之前，应该先得到侑彬的许可。但看着逐渐被歪曲的事实，我突然觉得这已经不再是保守秘密、胡乱告白的普通事件了。

“你什么时候被表白的？”宝娜前辈看着侑彬问道。

“就在姐姐去参加会议的时候。”侑彬看了看前辈，又看了我一眼说道。

显然她对我如此“大嘴巴”的行为十分不满意。

“原来如此，怪不得我现在才知道。”

前辈说着然后索性放下了筷子，餐盘里还剩下半碗米饭。我也没什么胃口，大家也都放下勺子。

这时，前辈使了眼色说道：“出去吧。”

我们来到操场上，不知是不是因为要下雨了，天阴了起来。我们四个人缓缓地向后山走去。

“闵炳瑞这家伙真是搞笑，被甩了就可以这样闹着玩吗？喂，不过侑彬应该不是炳瑞喜欢的类型吧？我首先怀疑他告白的用意。”建宇摇着头说道。

“侑彬本来人气就很高，就算是炳瑞也会喜欢侑彬的。”

听了我的话侑彬无力地说道：“与其说炳瑞是因为喜欢我才跟我告白的，不如说他只是想和某个人交往，而恰好选了我做这个对象，他大概是觉得我好欺负吧。”

“你好欺负什么？他并不是因为你好欺负……啊，是那个啊！”建宇喊道。我们三个人同时停下脚步看向了建宇。

“炳瑞他前不久还在和夏琳交往，和夏琳分手后马上又跟侑彬告白了。明白是怎么回事了吧？”

“什么？”

“他是不是只挑和俊昊关系好的女孩表白？夏琳和俊昊暧昧的事情，咱们全校的同学们都知道。”

“我没有和她搞暧昧。”

“就当是有吧。”

这时，宝娜前辈认真地说道：“建宇的解释好像是对的。俊昊啊，炳瑞是不是把你当成竞争对手了？”

我的心情变得有些微妙。虽然觉得不可能，但也开始怀疑起这个说法来。因为夏琳和我大概能够算作“不是暧昧的暧昧”，而侑彬最近确实经常和我在一起。

“喜欢他的女孩到处都是，他偏偏和赵夏琳交往后又对侑彬下手。因为事情没能按照自己想要的方式进行，所以就在SNS上写那些乞丐似的文章，他这个人到底是有什么问题？”

建宇的提议被采纳后，整个人也得意扬扬了起来。

“我好像知道了。这是因为他从来没有通过自己的思考而做出过什么决定，从没学过如何自己做出选择。我曾经也是这样，整个人生的蓝图全部都被父母制定好了，我只能跟着往前走，渐渐地我对自己的选择越来越没有把握，人也变得越来越没有主见。自从我跟父母大闹一场之后，这种情况也慢慢有所改观了。”

听了宝娜前辈的话，大家一时都说不出话来。我想起了只要考不到全校第一就会把家里闹得鸡飞狗跳的宝娜前辈的父母，也想起了费尽心思想要把儿子送入医科大学的炳瑞的爸爸。

“虽然不知道炳瑞是不是真的把俊昊当成竞争对手，但至少他在心里羡慕俊昊这点是可以肯定的。他就是想要变得和俊昊一样才会做出那种事情的。”

炳瑞羡慕我？

“听了姐姐的话，我也觉得好像是这么回事。但让我好奇的是……我真的……在耍心机吗？毕竟有那么多人都有同感……”侑彬的表情变得阴沉起来。

看到连话都说不完整的侑彬，前辈大声地责备她道：“你是到现在为止都没有在听我们说话吗？耍心机什么的都是胡说八道。就是想要贬低你才随便乱说的。你根本就不用在意这些。OK？”

“……OK。”

侑彬隐隐地露出了一点笑容。

这时，从操场上传来了《少女的祈祷》。

星期五早上，我在门口的玄关处遇见了侑彬。这种偶然的碰面让人心情十分愉快。我们并排换了拖鞋，这时一群女孩拿眼睛偷偷地瞄着我们，然后从旁边走了过去。侑彬的表情变得凝重了起来，她一声不吭地爬上了楼梯。侑彬的教室在2楼，我们班的教室在3楼。

“哎，我真希望能有超人出现，快速地转动地球让时间可以一晃而过，希望第一学期结束后能够尽快转学。”

上楼梯时，侑彬用小得只有我能听见的声音说道。我们并排站在楼梯栏杆旁。

“那种胡说八道的谣言，很快就会平息下去的，你别太在意。”

“我原本也想这样的，但还是会因为这些事情分神……昨天和我们班的同学说话时，有人忽然指出说我好像笑得太多了。虽然这可能只是一句毫无意义的话语……但我确实对谁都爱笑，已经习惯了，改不掉了。”

侑彬这样说让我觉得很苦恼，怎么办？很少看到坚强的卢侑彬如此沮丧的样子。

“你的性格本身就是爱笑啊，为什么要改掉这个？你一点错都没有，别这样，侑彬啊。”

侑彬用悲伤的眼神看着我。我感觉自己的心都快碎了。

那天晚上睡觉前，我从冰箱冷冻室里拿出了鲍鱼粥。第二天凌晨起床，将解冻的鲍鱼粥重新煮了一下，将它们装进了保温便当盒里。

像往常一样，建宇在午休时间来到了我们班的教室。我看着建宇然后默默地拿起了便当。

“这是什么呀？”

“鲍鱼粥。”

“干吗莫名其妙地带鲍鱼粥来？”

我没有回答，而是直接拉着建宇的胳膊去了侑彬的教室，然后举起便当盒对侑彬说道。

“我的妈妈牌鲍鱼粥！是只吃一勺就会变得幸福的味道。来吧！在苍蝇来之前我们先把它吃光吧。”

听了我的话，侑彬笑了起来。这是时隔许久再次见到她眼睛弯成月牙状的微笑。

“我们今天去后山吃怎么样？不走寻常路。”

建宇也同意了我的提议。

“好啊，好啊。不过这点东西够谁吃啊？我去买点面包。”

建宇去小卖部买面包的时候，侑彬和我先向学校的后山走去。值得庆幸的是，我们常坐的那个步道入口处的木头长椅还空着，矗立在长椅旁的刺槐树开出了嫩红的花朵。就在我打开便当盒的时候，建宇也拿着一大堆面包气喘吁吁地跑了过来。

我们拿起勺子瞬间将鲍鱼粥“打扫干净”，然后吃起了建宇买来的面包和牛奶。

“在山上吃饭的感觉像是来郊游一样。”侑彬的声音变得明亮起来。

第二天我把鸡肉粥打包带去了学校，建宇则从家里拿来了年糕，宝娜前辈也加入了进来。我们四个人一起在后山的刺槐树下吃了午饭。那一整个星期我们都是这样，虽然这样做并不会让诬陷侑彬的声音消失，但我还是想要成为侑彬保护伞的一部分。

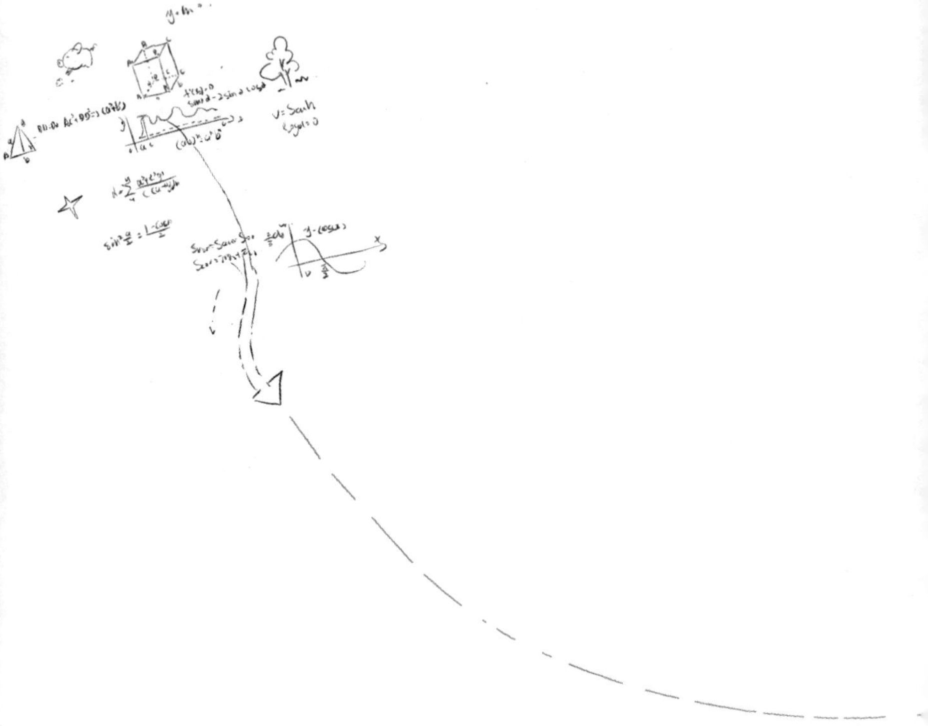

11 向外拉扯

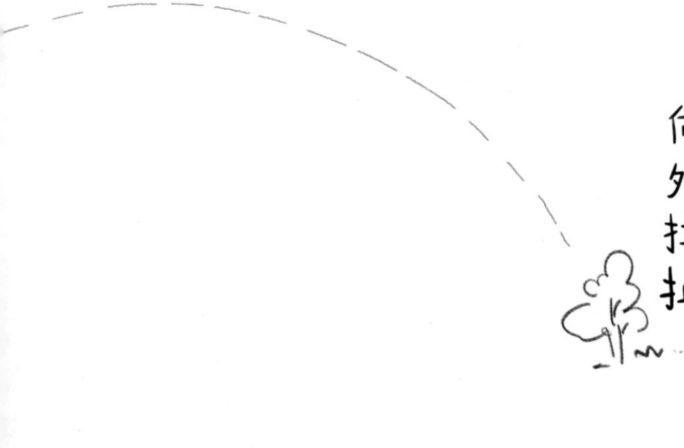

课间休息的时候，我去了一趟教务室。班主任拿出了放在桌上的奖状，不久前在学校礼堂举行的“统一金钟[①]”活动上，我进入了总决赛，现在奖状发下来了。我拿到奖状后向老师鞠了一躬就出来了。

班主任也只是默默地递上奖状，连句例行的祝贺语都

① 模仿韩国高中生的益智类有奖竞赛节目《挑战金钟》进行的自制校园活动。——译者注

没有说。既然是这样的话，又何必把我们叫到教务室里去呢？不如直接在走廊里安装一个自动售货机，让大家自行过去领取奖状。我轻轻地将那些被“弄脏”的情绪顺着自己的脚印一步一步地丢在了走廊上。

这该死的欲望究竟什么时候才会消失呢？我敢断言在毕业之前它们是绝不会轻易消散的。紧接着我就遇到了升学部部长，部长停下了脚步，眼神不停地打量着我的脸和手里的奖状。很明显他有什么话想要对我说，就在那一瞬间，我忽然预感到如果我听到那句话，那这一整天的精神都可能会崩溃。所以我赶忙向他打了个招呼然后快步离开了。

就在此时，我的脑海中忽然蹦出了一个词——内在控制感。这是宝娜前辈上传在核心社团聊天群的文章中出现过的词语。

我走到走廊的尽头，又转身回到了教务室。我打开教务室的门，噔噔噔地走到了班主任的面前。

“老师，我以后不能去精读室了。”

班主任瞥了我一眼说：“好吧，我知道了。”

他不仅没有抓住我不放，甚至连理由都没有问。

走出教务室的瞬间我感觉整个人都痛快了，是我先甩掉精读室的。终于，我感觉全身的细胞都复活了。

虽然有些突然，但这并不是我冲动之下做的决定，每天晚上我都会在脑海中盘算这些事情。如果今天不是身体比头脑先动起来的话，那么不管是今天还是明天，苦恼依旧会纠缠着我。

宝娜前辈说得对，人要有内在的控制感，这样才能够维持自尊感。只要控制权被外部掌握，我就永远只能成为不安的奴隶。不管是吃粥还是吃饭，我都要尽量把握住自己命运的主导权。

正当我登上楼梯准备回教室的时候，看到了炳瑞正在上面。他这是去洗手间吗？我一看到那家伙丑陋的面孔心中的怒火就燃烧了起来，真想冲上去抓住那家伙的衣领。

“你马上去向侑彬道歉！否则的话今天就会成为你的忌日！”

我真想学电影情节里那样对炳瑞说出这句话来，从出生到现在我还从没做过这种事情。

我大步地走上了台阶，炳瑞这才发现我，他停下脚步向下看着我。我极力地想回避他，所以转头向教室走去。

这件事情到底该怎么向他追究呢？也没有明确的证据表明炳瑞SNS上的那篇文章就是针对侑彬的。这世界原本就有很多虽然找到了受害者，但无法确定加害者这种让人气到发疯的案件。

“你手里拿着的那个是什么？”炳瑞追在我的后面问道。

“你知道了又能怎样？”

我回头看了他一眼，然后歪着头回答道。斗城高中的全校第一为什么要来好奇一个没什么大不了的奖状？

“没什么，不过我最近不怎么玩滑板车了。因为骑那个挺危险的，所以我爸爸不让骑了，没什么意思。不过我继母会开车送我过来，要不要早上顺道去你那里一趟？我们一起坐车过来？”

开什么玩笑，你和我是那种亲近的关系吗？对侑彬做那种事情，现在居然还有脸在这里说这些？

“算了。”

我简短地撂了他一句后又转过了身子。

“你现在还和侑彬在一起吗？”

当侑彬的名字从炳瑞的口中说出的时候，我内心的怒火一下子燃烧了起来。我再也忍不了了，转过身盯着炳瑞。

“怎么了？你很羡慕吗？”

“羡慕什么？就是觉得有点好笑。”

“有什么好笑的？写出那种文章还不足以让你心满意足吗？”

我看着炳瑞的眼睛认真地说道。

“喂，我只是写了一篇关于心机女的故事，是有个朋友在评论里写了侑彬的事情。”

“我还没有说是哪篇文章呢。”

听到我的回答，炳瑞显得有些吃惊。

“算了，你以后别再找侑彬的麻烦了。”

“我为什么要找她的麻烦？我对她又没兴趣。”炳瑞眼神闪躲地说道。

真是国家代表级懦夫啊！你以为我不知道吗？你向侑彬告白后被拒绝的事情？

“我只是觉得侑彬这个人有点搞笑想让你小心点，我就是这个意思。”

“呵！真是的！”

气得我不由自主地干笑起来。

我一笑炳瑞就板着脸说道：“她简直就是个双重人格的伪善者。不是说要转到职业高中去吗？那就去啊。总之她这就是自我合理化的行为，因为害怕自己考不上名牌大学所以就逃跑了。”

侑彬不久前曾公开地向核心社团的成员说过自己不会去上大学，他好像是从哪里打听到了这件事。不过此刻我看到炳瑞火冒三丈地说出这些话时，原本被怒火燃烧着的脑袋反而变得冷静了起来，不由自主地想要笑出来。是啊，以炳瑞的思维恐怕他也只能想到这么多了。因为这就是闵炳瑞的全部世界。你可真是从来没有向真实的世界走过一步呢，炳瑞你永远不会知道侑彬到底是怎样的一个人。

一时间炳瑞在这里显得如此寒酸，被寄予厚望的全校第一模范生，被外人羡慕的目光打磨到快要将自己全部丢失。

“为什么这样看着我？”

看我没有顶嘴炳瑞又问道。

“只是觉得好笑。”

“有什么好笑的？”

“你的思维方式很搞笑。不对，是太烂了。”

“我的思维方式怎么了？”

“你自己好好想想吧。”

留下这句话后我径直走回了教室。这一路上我感觉后脑勺一直在发烫，回头一看炳瑞果然还在盯着我。想了想，我又走向了他。

“炳瑞，你听说过正确答案自动售货机吗？你应该没听说过，因为考试的时候不考这个。总之，如果你不想被人叫自动售货机的话，就睁开眼睛看看这个世界吧。思考一下，人到底为什么存在于这个世界上，用你自己的想法主观地做一做选择吧，嗯？”

我拍着炳瑞的肩膀这样说道，他的瞳孔突然震动了一下。

我忽然觉得整个人都舒畅了，很多不单纯的情绪，那些关于炳瑞的陈旧感情的残渣，好像全部都被挥洒掉了一样。

那天晚上我正在家学习的时候侑彬给我发来了信息。她自己创建了一个SNS的小号让我去玩。我点进去一看账号的名字就叫“鸽子眼”，里面有她上传的一篇长篇文章。

姨奶奶每次去练歌房的时候都会唱同一首歌，那首歌的旋律是过去的风格，我从没在别的地方听到过那首歌曲，但歌词中的一句话却深深触动了我的内心。

“与其小声骂人，不如大声歌唱。”

听到这句歌词的我一直认为，比起在背后偷偷摸摸地说人闲话，站在人前堂堂正正地说出来才是对的。

但不久之前我才知道，姨奶奶爱唱的那首歌叫《21岁的备忘录》，歌词则是“比起小声地诱惑，不如大声地唱歌”。天啊！我就这样误解了这么久。而且这种事情也不是只发生过这一次。我还以为《南行列车》这首韩国演歌[①]的歌词是“即使不能见面也不要疯掉[②]”。

我也会说别人的闲话，虽然每次说过之后都会很心虚，但我以后会堂堂正正地在大家前面说出这些话的。当然对于那些不能直接见面的名人或者当权者，我就只能在

---

① 译者注：朝鲜半岛的传统流行音乐，被称为朝鲜半岛最早期的流行音乐。

② 译者注：原歌词为“即使无法见面也无法忘怀”。

背后谈论他们了。

经历过这些之后我更加明白了。在那些我看不见的地方吵吵闹闹地说出的话，和在我看得见的地方小声嘀咕的话，会有多么大的伤害力，所以我开通了这个账号。

那些想要骂我的人请在这里发帖，或者是给我私信也可以。写这样一篇文章，该反省的地方反省，该改正的地方我会努力改正的。

看时间这应该是不久前刚刚上传的文章，这篇文章的下方有一条宝娜前辈的留言。

——鸽子眼，太帅了！加油！

我也马上写下了评论。

——鸽子眼，好帅啊！加油！

在我写留言的同时一位核心社团的前辈留言道。

——亲爱的后辈！尽情地施展自己的魅力吧！加油！侑彬想做什么就做什么吧！哈哈哈。

留言接连不断地更新着，这里面有核心社团的成员、侑彬职业高中的朋友们，还有侑彬所在班级的朋友们。主要都是为她助威的内容，但中间还夹杂着这样的留言。

——听错歌词可是我的专业，哈哈哈……

——我也是，我也是！我会把“甜美的梦醒了”听成“甜美的梦是狗梦[①]”。

——如果有人没看过这个的话应该很遗憾吧？我把“你是我唯一的太阳，世界上只有一个”听成了“你是我唯一的盆子，来洗洗脸吧”。

那天直到深夜还有人在发帖，我看着侑彬的“鸽子眼”的小号一直咯咯咯地笑着。

① 韩语中醒来的单词“깼”和狗的单词“개”发音相似。——译者注

第二天，侑彬顶着一头短发出现了。建宇说这个发型非常适合她，看起来有点帅气，但我什么话也没说。

我们三个人一起吃了午饭，可学校内的氛围却发生了很大的变化。侑彬的本意是让大家尽情地谴责自己，但那些曾经一看到侑彬就咯咯咯地笑的学生们却像蟑螂一样消失了。虽然我们通过助威留言先声夺人，但一直也没有指责她的内容出现过。只是在那边的净水器旁边吃饭的三个男生看着我们哈哈大笑，侑彬一看过去他们马上就瞪大了眼睛。

“你的小号人气很高，再这样下去就要超过你的大号了。”

听到建宇的玩笑，我们很难得地一起哈哈大笑起来。

“当面什么话都说不出来，真是群幼稚的家伙。你知道闵炳瑞昨天对我说了什么吗？他不知道从哪里打听到，说你要转到职业高中是因为考不上名牌大学。真是太无语了，幼稚得可笑。”

“嗯，应该有人会这么想吧。说我考不上大学，他们虽然嘴上说你很勇敢、优秀，心里却想着你完了！肯定会有这种人的。”听了我的话侑彬淡然地说道。

“我就觉得你很了不起，是真心的。我没有像你这样的勇气，所以想要上大学，但我的话是真的。”

建宇竖起大拇指，侑彬咧开嘴笑了。

“这个世界本来就是这样的，如果你成功了大家就会觉得了不起，如果失败了就会变成这样。不管怎样，我都会证明给你看，我一定会成功的。”

“可人生只有一次，要是以后不这么想了怎么办？后悔自己当初没上大学该怎么办？”

“那就到时候再去上大学呗，大学入学不是没有年龄限制吗？”

虽然只是简单的一句话，但从侑彬的话里我感受到了她的真心，感觉像是有一股风如闪电一般击中了我的脑袋。

希望侑彬能堂堂正正站在大家面前展示自己的成功，也希望那些曾经嘲弄或怀疑过侑彬行为的人们会后悔自己当初的有眼无珠。成功的侑彬也会成为能够包容那些人的大人物。我想成为侑彬的支持者，一起等着那一天的到来。我希望自己可以将她人生的闪光点像镜子一样反射到更多的地方。既然我已经决定要带给侑彬力量，就必须要做点什么了。

虽然我不知道自己具体想要成为什么样的人，但我觉得自己应该马上开始学习，因为我现在能做的只有这个了。

我去读书室进行了登记，这里是单人单座，座位设计得就像是意大利面桶一样，我打算只在这里学习到期末。下课后我收拾好书包走出学校，原本计划买一个紫菜包饭就去读书室的。

就在我经过一栋挂满了绿色柿子的住宅楼来到人行横道上时，身后有人捅了捅我的腰。

“你能跟我聊一会儿吗？一小会儿就行了。”

那个人是夏琳。

她和我去了附近的公园，示意我坐在长椅上。

“我有事情想要拜托你。”夏琳开口了。

这样和夏琳并排坐着感觉有点尴尬，也多多少少感到有些负担，所以我只能看着前方。

“你和闵炳瑞真的是朋友吗？”

“又要说炳瑞的事情吗？”

我尖锐的回答让夏琳惊讶不已。

“不，我不是为了破坏你的心情才说的……”

夏琳向我讲述了炳瑞和她交往期间做出的那些自私和无法想象的事情。对于我来说，这也不是什么新鲜事。

“你知道吗？闵炳瑞一开口就要提到你。他好像是在嫉妒你，也有可能是因为自卑的心理，但真不是开玩笑的。他动不动就说方俊昊什么什么的。”

“他是因为没什么可说的才这样的。”

“你不想教训教训他吗？”

“不，算了。他也不是教训了就会变好的人。”我斩钉截铁地说道。

“那就答应我一个请求吧。”夏琳竖起食指说道。

“拜托我什么？”

“你假装和我交往吧。只是暂时的，大概两周左右。”

夏琳的声音非常恳切。

“这是什么请求啊？”

“如果你觉得假装做这些有负担的话，真的交往也是可以的。交往的过程中，如果觉得不合适的话，分手就可以了。”夏琳若无其事地说着。

啊，赵夏琳！那股已经被忘却的郁闷感再次向我袭来。

“这恐怕不行，我有女朋友了。”

这当然是我编造的，但短时间之内我能想到的拒绝理由只有这一个。虽然我不知道夏琳是想报复炳瑞，还是想再次和炳瑞重归于好，但无论如何我都不想被她利用。

不知道是不是因为没有想到这个结果，夏琳的表情显得非常慌张。我从长椅上站了起来。

“你要说的都说完了吧？我先走了。”

然后我就头也不回地走出了公园，向吐司店的方向走去。卖紫菜包饭的店铺在公园的对面，走去那里需要很长的时间。因为和夏琳谈话把我的行动计划都给打乱了。

我点了芝士吐司。正当吐司店的大叔在涂满人造黄油的铁板上放下面包的时候。

“喂！方俊昊！你怎么能就这样走掉呢！”

我回头一看，夏琳正直勾勾地盯着我，几个路过的行人也朝我们的方向瞟了一眼。

“你怎么能就这样自说自话呢！”

夏琳怒吼起来，看表情几乎要哭了。我一直以为只有夏琳会自说自话，但今天的情况似乎却正好反了过来。

“……对不起。”

“……你就这样走了，让人很生气啊。我话还没有说完呢。”

夏琳的声音比之前冷静了许多。

“……不管你喜不喜欢，我拜托你这件事的理由……你不是应该听完再走吗？”

“真的很抱歉，你想说什么来着？”

我们又回到了公园里。

夏琳叹了一口气开始说了起来。这是我从没有在夏琳那里听到过的一个很长的故事。

装在袋子里的吐司已经凉了，但我的肚子却并不觉得饿。不知不觉间，我的心也随着夏琳的声音胡乱地跳动了起来。

12 想象广阔的大海

我和夏琳分开来到读书室时已经过了7点。我在门口吃了吐司，然后进入了单人读书室。

“打开桌上的LED灯后，自然而然地就想要学习了。”

每当坐在椅子上的时候，脑子里都会浮现出这种想法。我从背包里把书拿了出来，刚刚和夏琳聊天耽误了不少时间，现在我要开始愉快地学习了！不知不觉又定了个小目标。

我打开了高考英语试题集，我听说期末考试一定会出去年的高考题，所以我们班的大部分孩子都买了一本。题目比我想象中的简单得多，结果做到34题的时候我又一下子被难住了，It到底指代的是什么呢？要不看看解题视频吧？或者发短信问问宝娜前辈？我始终没办法做出决定。说实话我从刚才开始就一直无法集中精力学习。

“如果不能假装交往的话，那么作为朋友彼此亲近一点也不可以吗？我其实，真的很需要像你这样的模范生作为保护伞，你能帮我一下吗？”

刚才夏琳这样说道。没错，就是因为这个。她终于说出了真实的想法，她一直都是这样想的。

从小学高年级开始就不断地有关于夏琳的“颜评（颜值评价）”和“体评（身体评价）”出现。他们偷偷地在背后嘲弄似的对她指指点点，稍微有一点风吹草动就会不时地冒出一些关于夏琳的奇怪传闻。

“有传闻说我上初中时就怀孕了。那时我因为减肥晕倒没有去学校，他们说我其实是因为要做堕胎手术才没去学校的。是不是有点不可思议？如果传闻属实的话我现在已经生了5个孩子了。”

说这话的时候夏琳失落地笑了笑。她说刚开始的时候，人们对于她的关注让她觉得特有优越感。随着时间的推移，当那些嫉妒、侮辱性的评价出现时，她仍旧给自己洗脑说，这都是漂亮女孩注定要忍受的。但不知从何时起这份忍耐逐渐到达了极限，承受这些的力量也被消耗殆尽。

后来她发现，如果自己和模范生一起上学，关于她那些异常的关心和轻视的视线就会消失。这个方法虽然不是一劳永逸，但总是很成功。不过当她和闵炳瑞分手之后，那些恶评又如雨后春笋一般一个一个冒了出来，她的身边也再一次出现了许多不怀好意的视线。夏琳的SNS动态从昨天开始已经不那么活跃了。

我能够理解，上次和夏琳一起去弘大的时候我也经历过。虽然只是短暂地感受了一下视线的暴力，但也充分体会到了她所说的那种侮辱。可每天都受到恶意关注的夏琳，在这么长的时间内，到底该有多孤独多疲惫啊？

我现在感到很生气，对于那些随意裁断和评价他人、攻击他人的人，我们到底该拿这样的人怎么办？答案很明确，要么无视他们要么就和他们对抗。一个人做起来也许很困难，但只要大家在一起就能战胜他们。所以我答应帮助夏琳，只是假装交往比较难办，需要想个别的办法。

不管了，学习也没学好。我背起书包走出了读书室，今天就玩会儿游戏早点睡吧。

走出读书室大楼时我迎面碰见了炳瑞。外面正在下雨，收起雨伞的炳瑞看到我时显得有点吃惊。

“你也在这里学习吗？”炳瑞问道。

啊，我突然有点埋怨起妈妈了。这个读书室是妈妈给我找的，在社区里的人气很高，大概是因为炳瑞在这里学习，才拉高了人气吧。

“你怎么这个时间来了？”

我问道。这么晚了还来这里，他到底要学习到什么时候？这家伙虽然活得很幼稚，但他付出的努力真的是很了不起。闵炳瑞在6月的模拟考试中也获得了全校第一，这一结果是他亲手缔造的，因为努力这件事情是没有谁可以取代的。

“我上完课就来了。”

“这个时间？”

“因为课外辅导现在才结束。”

“那你打算学到几点？”

“我完成今天的学习计划就走，不过你干吗问这个问题？”炳瑞追问道。

的确如此，炳瑞学到几点和我又有什么关系呢？我只是点了点头然后向炳瑞挥手道别。

得赶紧回家了。

就在我准备离开的时候炳瑞问道：“我把雨伞借给你吧？”

天哪！脑子里只有自己的人居然要借雨伞给我。

“不用了，你自己不也要用。”

“我打算让继母来接我。”

“算了。”

在我准备转身的时候，炳瑞又急切地说道：“你现在和侑彬还很熟吧？”我毫不犹豫地点了点头。

“侑彬她好像对我有些误会，我之前上传在SNS上的文章并不是在说侑彬，真的不是。”

“知道了，我会这样转告她的。”

“还有……”

“什么？”

“同学们对我有一些误会，他们觉得我是那种让人难以接近的男孩，但我并不是那种类型。我的眼光没那么高，所以希望大家不要无缘无故地误会我。”

炳瑞一边说着一边观察着我的脸色。到这时我终于明白这家伙对我说这些话的用意了。他大概是觉得自己找到了被侑彬甩掉的原因，他还以为侑彬是害怕他眼光高难接近才会拒绝他的。与其和这家伙对话，还不如和北极鲸讨论讨论地球环境的问题，说不定沟通起来要更顺畅一些。

“原来如此，我知道了。要是有人问我，我就告诉他你眼光很低。”

我点点头接着说。

“但不是因为那个吗？你不知道侑彬的眼光非常高吗？她看男人的眼光还挺挑剔的，就只是因为这个而已。”

听了我的话，炳瑞的眼神动摇了一下。我的心情忽然变得很好，虽然感觉自己有一点残忍。

我冒雨走了出去。公寓小区的栅栏后，饱含水分的树木散发出更加浓烈的香气。几个拿着雨伞的学生从我身边走过，好像是刚刚结束晚自习回来的。

突然很想看看天空的样子，于是我停下脚步抬起头来。天空被淹没在黑色的大气中，路灯灯光下的雨滴像流星雨一样倾泻在我的脸上。雨滴打在脸上仿佛又掉进了我的胸口。

有很多存在却看不见又摸不着的东西，就像此刻天空中无法看见的星星一样，我也不知道自己的心到底是朝着哪个方向跳动的。事情总是这样，作为模范生的我，比起自己想要做的事情，还要面对更多的自己应该要做的事情。

我现在决定了，虽然有过一时的动摇，但我心里已经坚定地要将夏琳推开了。

因为有个朋友走进了我的内心。不知从何时起我只要一睁开眼睛就会想起那个朋友。课间休息、午休时间、放学后也是最先去找那个朋友。怎么会变成这样呢？我也不太清楚，但那个朋友已经逐渐地渗透进我的内心，成了我心中不可缺少的一部分。

很长一段时间内，我都只是在单相思，我在心里想象了一个对象，然后随意为我们界定了一个关系。我喜欢的都只是我自己设定的假象而已。但现在情况发生了变化。

那些聚在我内心的雾霾忽然消散了，我立马明白了自己此刻应该做什么。我给夏琳打去了电话，她正好在家里。

“我原本想发短信给你的，但又怕发短信会引起误会，所以就直接给你打电话了。你现在方便通话吗？”

“嗯，没关系，你说吧。”

“我觉得应该快点给你个答复，所以就打了电话。”

“谢谢，刚才跟你说过那些话之后，我就一直在学习。如果你不给我打电话的话，我可能连觉都睡不着。”夏琳在电话那头说道。

她的声音变得更加冷静了，听了她的话我的心里有点难受。雨一直下个不停，我穿过了人行横道。

“刚才跟你说有女朋友的话其实是骗你的，不过我现在确实已经有喜欢的人了，不要问我是谁，总之我很喜欢她，所以我不能假装和你交往。”

听了我的话夏琳叹了一口气。

“原来如此，我还以为是你随便找的借口呢。”

“对不起。”

“不，你不用感到抱歉，我只是觉得有些丢脸而已。”

“但是，作为朋友我可以帮你。刚才听到你说的那些，我也觉得特别生气。”

“真的吗？”

“当然了。如果我看到或是听到一些并不好笑的玩笑话时，我一定不会袖手旁观的，如果你需要我，我也一定会站出来。虽然不能总在一起，但是偶尔一起吃午饭还是可以的。”

“那我可不可以加入你们社团？如果成为核心社团的成员，大家就不会轻视我了。”夏琳说道。

真是让人为难，每当我下决心时，夏琳就一定会泼点冷水回来。

“这不是我能随意决定的事情，社团每学期都会选拔新成员，你到时候再报名吧。”

我用尽可能商务性的语气说道，于是夏琳又叹了一口气。

周六上午我洗完澡出来时，发现叔叔正坐在餐桌上看着笔记本电脑。

“你要出去吗？”

“嗯，去读书室。”

“你什么时候考试来着？”

“从下周三开始。”

叔叔听了我的话点了点头。

我进屋换好衣服走了出来，背起书包的时候才发现头发都已经干了。

“真好啊。”叔叔看着正在穿运动鞋准备出门的我说道。

“什么？”

“就是，年轻真好啊。”

“那咱们俩换换吧。叔叔替我进入高考地狱，我去帮你开开心心地上班，怎么样？”

“好啊，我都没经历过高考地狱，咱们换吧。”

叔叔笑得像调皮的孩子。

大概是昨天晚上下雨的缘故，今天的天气十分凉爽。我推出自行车向读书室的方向骑去。随风而行的感觉无比地舒畅，半路裤兜里的手机响了起来，我停下自行车拿出手机一看，是宝娜前辈打来了电话，于是我按下了通话按钮。

“期末考试结束那天你准备做什么？”

前辈的问题从电话的那头一股脑儿地倒了下来。

“没什么计划。”

“要不要一起去看足球比赛？侑彬说她要去看郑浩彬，我们也一起去吧。”

“嗯？不错啊。建宇也说要去吗？”

“嗯，当然了。这也是昨天和建宇聊天时决定的。听说考试结束的那个周六正好有比赛。总之，要是你也去的话，我就把信息上传到核心社团的聊天群里，社团里还有其他喜欢足球的同学。咱们第一学期的核心社团团体大会就在体育场里举行吧。”前辈爽快地答道。

挂断电话之后我的心一下子热了起来，仿佛那天在赛场时的热火又重新燃了起来，突然一股充满光明的希望涌上心头。

我没有去读书室而是朝学校的方向骑去，使劲地蹬着自行车来到了主街的十字路口，然后在面包店前面停了下来。

幸好锅盖土豆面包还摆在店中央的柜台上。

我拍了张照片发给了侑彬，不到一秒钟电话就来了。

“这面包看起来很眼熟哦？”

“想吃吗？”

“嗯，看起来好好吃。”

“想吃的话就出来吧？”

“好吧！我会以光速到达的，你可不能一个人吃完！”

我到的时候，侑彬已经在校门口等着我了。

“天啊！你是飞过来的吗？怎么来得比我还早？”

听了我的话侑彬开心地笑了起来。

“其实我是过来准备期末考试的。”侑彬一边说着一边伸出了手。

我将手里的两个面包袋子递给了她，然后将自行车停在了支架上。

“我是真心佩服你啊，要是我打算转学了的话，肯定已经激动得没法学习了。”

“哎呀，升学部部长总是追在后面，我实在是没法不学习啊。其实也学不进去什么，所以我就从学校里出来了，感觉继续坐在那里也解不出几道题来。”

我们十分自然地向后山走去，雨后的树林中清新的空气伴随着丝丝的凉意。不知从哪传来了鸟叫声，这棵树上咕咕地一响，那边树上也叽喳地叫了起来。

“这是山鸽的叫声，我录音之后问过的。”

“问谁？”

“就是问了问SNS上的朋友们，但其实我也没法确定那是不是山鸽，只是感觉很亲切，我不是鸽子眼吗？”侑彬调皮地说道。

我也跟着哈哈大笑起来。真没想到有一天我们能够笑着说出这个词来。

我们俩就这样并排走着，这种情形让我感到很不真实。

昨晚我忽然看清了心里的指南针所指的方向，一直睡不着觉，仿佛重生了一般，兴奋的心情始终无法平静。尽管如此我还是一点都不觉得累。产生这种感情的时候该做些什么呢？我认真地考虑了起来。

“嗯，还是很好吃！”

侑彬将土豆面包递给我。我们用纸巾擦干了长椅上的水汽，并排坐在上面。

“是啊。这个面包好像是已经成为店里的招牌单品了。”

“真的吗？哇！锅盖队真是了不起！等一下，我得给他们写点加油的留言。”

侑彬从口袋里掏出了手机。我看着侑彬，昨天晚上我原本决定，一见到侑彬就告诉她说喜欢她。不对，是我以为自己内心的感情会激烈到忍不住向她告白。但我们见面之后却一直以朋友的方式交谈了下来。

“啊！猫咪的饭！”

侑彬看着我大喊了起来。这一对视我的心脏又一下子热了起来。

“怎么了？”

“我包里带了猫粮，早知道就拿来了。”

“下次再拿来就行了，我也和你一起喂。”

“那我们干脆建一个放饲料的地方吧？”

“好啊。”

“你知道吗？这里的流浪猫能够认出我呢。每次我拿着猫粮走上来时，它就像等待了很久的孩子一样朝我走过来。你知道它有多可爱吗？一会儿要是看到的话肯定会可爱得吓你一跳。”

和侑彬的对话与往常没有什么不同，一样的舒服、快乐和激动。

不一定要在今天，告白得暂时推迟。动物的本能告诉我告白也要选择时机，现在还不是时候。

“不过我要是转学的话那些孩子该怎么办？还有宝娜姐在，但姐姐马上就要高三了。”

“我来喂，该怎么做呢？是每天都来喂吗？”

我鬼使神差地说出了这句话。我从来没有想过自己也会有来给猫咪喂饭的一天。听了我的话侑彬的眼睛又笑成了月牙状。这时有只山鸽在旁边咕咕地叫了起来。

不过到底什么样的时机才适合告白呢？我听说要等到关系成熟之后才能告白，可侑彬马上就要离开了。一想到这些我的内心就仿佛有泪水翻涌了起来。

“一想到你要转学我就觉得特别遗憾，我真希望和宝娜前辈、你、建宇还有咱们核心社团的朋友们一起过一辈子。”

侑彬呆呆地看着我。“转学又不是再也不联系了。还有我们可能……嗯，没法一辈子在一起吗？就算大家现在分开了，以后也还是会再见的，在自由的海洋里。”

“自由的海洋？”

“嗯，我很喜欢那句话。就是四方的河流都会在海上相聚的意思，只要我们各自都过得很好，就一定还会再见的。”

侑彬说的话让我觉得似懂非懂。

“什么叫各自过得很好？”

“嗯……就是像现在这样活着吧？给流浪猫喂饭，和朋友一起分享好吃的土豆面包。”

“哦，不知怎么的，我总感觉自己会过得很好。”

“嗯，那当然了！就像这样，大海它从不会介意水是从哪里流过来的，不设界限，也没有排名……当我们长成大人的时候，这样的世界就会到来了吧？应该会来的。要是我们做梦的话……不，会来的，啊！我们会生活在那样的世界里，你一定要相信我。”侑彬拍拍我的后背说道。

“好的，我相信你，我相信你！”我点了点头大声地说道。

这话听起来虽然像是句玩笑话，但侑彬形容的景象已经在我的脑海中浮现了出来。在温暖的阳光下，善良的人们聚集在海边，他们有些在大海中遨游，有些在沙滩上晒着太阳，在他们的身旁还有猫咪和山鸽在玩耍着。

忽然觉得有点伤心，就不能每天和侑彬一起做这样的梦吗？

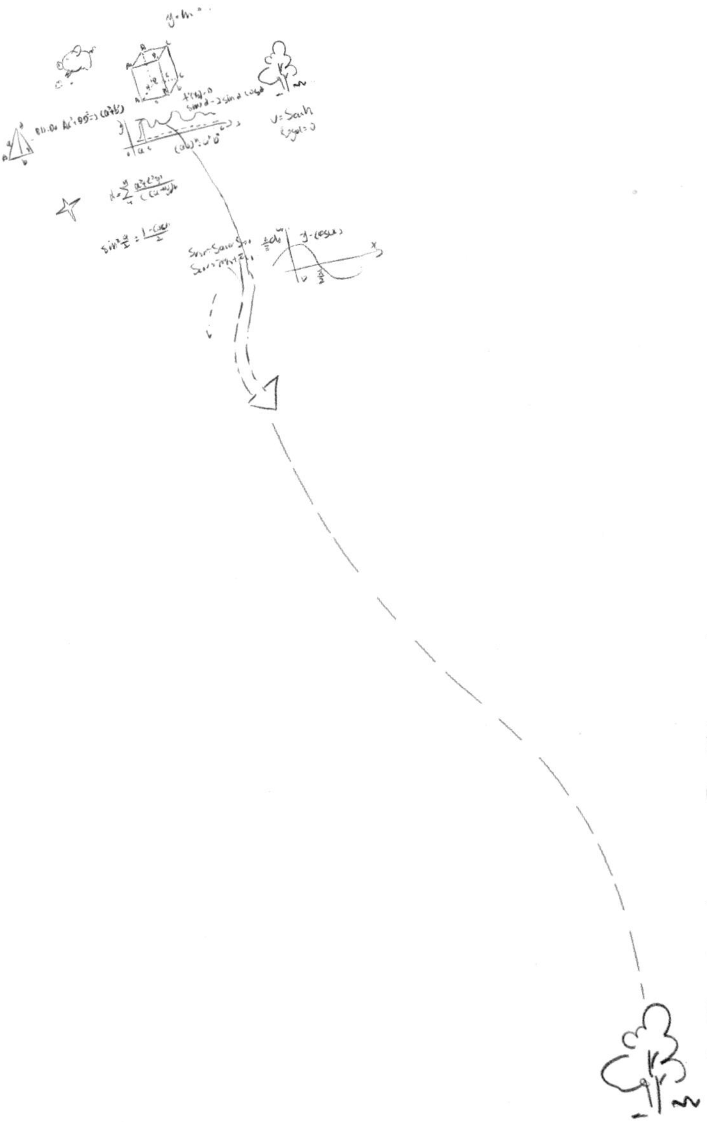

13 那些和猫咪有关的时刻

我一说自己之后不来读书室了，总务就爽快地将钱退给了我，可能因为这里人气实在是太高了。读书室的学习环境虽然很好，但每次背着包来回跑不免有些麻烦，还是在学校上晚自习更方便些。

有一次班主任问我：“你不去上补习学院吗？”

我故作镇定地回答说：“我将补习学院退掉了。”幸好班主任没有再说什么。

我经常和侑彬两个人一起学习。建宇为了听期末的冲刺讲座，从凌晨开始就去上补习学院，学校放学后又马上跑去补习学院。据说在韩国开设这种凌晨或深夜的补习学院其实是不合法的，所以教室都会用遮光窗帘遮住窗户偷偷上课。

建宇也再三嘱咐我要保守秘密，听说如果遭到举报的话补习学院就会被强制关停。

侑彬和我一起把桌子搬到走廊里学习，我们并排坐在楼梯围栏的旁边。侑彬总是一边听音乐一边学习，偶尔也会问我一两道数学题。

我们有的时候会一起去后山给流浪猫喂饭，夜晚的树林十分神秘。大概是为了不影响树林里动物的睡眠，只有步行道入口处的灯隐隐约约地亮着。

不安感时常会像刀刃一般刺我一下。要是考试考砸了该怎么办？侑彬转学之后我该怎么办？常常如此。这种强烈的不安感依旧与我如影随形，虽然比在精读室的时候好了很多。

不过一想到期末考试结束后大家要一起去看足球比赛，就忽然又有力量再坚持下去了。想象着我们并肩站在看台上加油助威的画面，心情瞬间就变好了。

“要是转学的话，你是不是就不会再来我们学校了？”有一次我这样问侑彬。主要是我实在没有勇气约她单独见面。

“应该很难再经常过来了吧？不过咱们可以在博物馆做义工的时候见啊。我还要继续去那里做志愿服务。”

侑彬的话安抚了我那被不安刺痛的内心。即便如此她离开后还是会感到寂寞吧。

在舞象之年结束的时候，我脑海中众多的思绪里应该都会充斥着对她的思念吧。

期末的第一天我考得还算不错，当然，现在就说出这种话来实在是有点好笑。毕竟这也不代表最终的结果，等级排名瞬息万变，如果大多数的孩子都考得很好的话，我的名次还是会掉下去的。

我站在门口等着建宇，我们还是要按老规矩回我家去煮拉面吃。我们今天稍微玩耍了一下，然后建宇去了补习学院，我准备重新回学校上自习。

——明天，不对，今天要考试吗？那建宇会来家里吧？一定记得要洗碗。

凌晨时我醒了过来，伸手摸过来手机看了一眼，看到叔叔给我发了这样一条信息。虽然我们住在同一间屋子里，但有时候还是会用短信沟通。叔叔现在已经默认了每到考试结束后建宇就会来家里的事实。

建宇班上的同学们哄闹着跑下楼梯，等到这些学生都走完了，我还是没有看到建宇的影子，也没接到他说会晚下来的信息。他大概是在猜测考试的答案吧，接着就会像说Rap一样不停地喊着想死。

操场上下着大雨，在等待建宇的时候我给妈妈打去了电话，不过电话是爸爸接的。

“俊昊最近过得好吗？今天是期末考试的日子吧？你妈妈现在在洗手间，亲爱的！亲爱的！”爸爸在电话那头喊道。

“不用，没关系。和爸爸说说话也行。”

没想到听见爸爸的声音之后我忽然有点想哭。

“爸爸，我有些话想要跟你说……我，不想转学了，我还想继续在这里上学。”

我打去电话就是为了说这个。不管名次是不是下降我都要留在这里上学，不会转学的。

“原来如此，不过你真的没关系吗？”

“嗯，叔叔之前和我说转学就像是在转移自己的根。嗯，虽然我不是百分之百地同意这句话，但就是想要在这里继续扎根下去。对了！爸爸，我得了‘统一金钟奖’。”

“哎呀，真不错！”

“这里有建宇，我还在这里结交了新的好朋友，我还要去给猫咪喂饭。”

“给猫咪喂饭？”

爸爸用惊讶的声音反问道。好像是在问，你就为这些事情放弃了转学的想法吗？但给猫咪喂饭确实是我放弃转学的决定性因素之一，因为这是侑彬的请求，而我非常想答应她。

“嗯，除了那个……我想要试试像爸爸说的那样，不去想太多只是单纯地试试看。”

“好吧。”

“不过我有可能要去上数学补习学院，爸爸，能让我去上数学补习学院吗？”

“当然，当然可以。”

在我打电话的时候有很多同学从我的身边经过。我走过玄关处的水族箱，慢慢地向校长室走去。我想要安安静静地和爸爸说说话，在那边说话更方便一些，还能随时观察到建宇的行踪。

“我们俊昊真厉害啊。”

“什么？”

“就是，好像变得更稳重了。”爸爸说道。

爸爸的声音虽然没有什么变化，但我还是感受到了爸爸传达出来的感情。爸爸说他的抗癌治疗已经结束了，他还补充说道，因为他坚持得很好，所以主治医生表扬了他。

“太好了，爸爸要保持健康永远守护着我。我思考了一下，我可能要到22世纪才会懂事，所以爸爸妈妈要一直守护着我，知道了吗？”

“好的，知道了。俊昊你也不要对考试有太大压力，开开心心地生活，特别是不要熬夜。”

“不要熬夜。”

“没错，你只要好好学习，和朋友们一起好好吃、好好玩就行了。感受季节，享受阳光。”

“我想要享受阳光也享受不到呢，这边现在在下雨。不过我明白了，我就随便学学，然后尽情地玩乐生活。”

我开起了玩笑，爸爸也跟着一起笑了起来。

在说了一百万次期末考试完蛋了之后，建宇的表情终于变得明朗了起来。建宇是那种用语言来消除不安感的类型。回到家之后我和建宇煮了5包拉面，连碗都没洗就拿起手机开始玩游戏，可能是游戏实在没什么意思，所以建宇在我身旁打起了呼噜。

我也很快就睡着了，后来我被建宇弄出的沙沙声吵醒了，建宇跑出去说自己要去补习学院。我慢慢地洗过碗后带着明天考试科目的材料走出了家门。到学校的时候我给侑彬打了电话。侑彬刚刚在学校里有一些不舒服的样子，所以我一直有点担心她。

“怎么样了？”

“睡了一觉好多了，没事的。不过我今天还是想在家里学习。感觉体力有些透支了。”侑彬的声音比刚刚洪亮多了。

“雨停了，可以给猫咪喂饭了。”我说道。

“嗯，那就拜托你了。你知道猫粮在哪里吧？要先把碗里的雨水擦掉再装猫粮进去，我听说吃掺杂着雨水的猫粮可能会导致猫咪腹泻。喝的水也要从净水器里接。不对，净水器好像坏了。不管怎样，还是用矿泉水来喂它们吧，拜托你了。”

“知道了，要先擦干净雨水再倒猫粮，水也会特意准备的。”

“一想到自己要转学了，就有点担心冬天的事情，我听说冬天要用毯子和泡沫塑料等东西给孩子们准备一些猫窝……”

“不要担心，我都会准备好的。不对，还是秋天一起过去一次吧。我们把过冬要用的东西准备好，然后一起去后山转一圈吧。”

听了我的话，侑彬说：“真的吗？那太好了！”看到侑彬这么高兴我感到很欣慰。

我把自行车停靠在自行车支架上，沿着已经慢慢变得干燥的操场边缘走向了后山。因为是阴天，所以树林入口的地方已经亮起了路灯。

我沿着铺设好的小路向前走着，雨水不时地从树叶上掉落下来。我找到了侑彬放在各处的小碗，擦干水汽后倒入了猫粮，又在另外的碗里倒入了矿泉水。

小山下学校对面的小区也亮起了灯，我突然想去走一下那个一次都没走过的步道。稍微往回走一点也不会超过一百米的样子。

山下亮起的灯光让树林显得不再那么黑暗，一路上只能听见自己咯噔咯噔的脚步声。继续往前走了一段，我看见一片相对平坦的地方，仔细一看那原来是某个人的墓地。从那儿开始步道就变得陡峭了起来。我小心翼翼地一步一步从那里走了下来。

就在这时，前方树林间忽然发出了咚的一声，起初我还在想是不是猫咪？眯着眼仔细一看发现它比猫咪的块头更大。

我停下了脚步，那个小家伙也停住了脚步。我们互相看着对方，褐色的皮毛包裹着它胖乎乎的身体，眼睛周围还有一圈墨镜形状的黑色花纹。

小家伙可能是觉得我没有什么威胁，于是慢慢地转过身去，我看着小家伙缓缓地移动着自己的身体，慢腾腾地走进了树林中。

下山之后我才想起来，刚刚那个难道是，獭？刚才那应该是只浣熊，是獭吧？一想到这个我全身的细胞好像都欢呼了起来。我立马拿出了手机，啊！想想现在正是建宇补习学院的上课时间。我打开了键盘，一口气发了好几条消息过去：

——金建宇，你不要被吓到啊，我刚才好像看到獭了。

——传说中的那只浣熊的名字是叫獭对吧？不是你告诉我的嘛。

——因为就是一瞬间的事，所以我没拍到照片，不过看得还是很清楚的。

——但是看见獭就能得全校第一的传说是真的吗？哈哈哈。

——总之心情真是不错啊！喂，獭长得可真帅啊，獭还看了我一眼呢。

——獭到底长什么样子呢？

写这些信息的时候我的嘴始终嘻嘻哈哈地笑着，想对建宇说的话不用思考就一句一句地出现在我的脑海中，我独自站在门口继续发着短信。建宇下课后打开手机时一定会大吃一惊的。

“俊昊你这个叛徒！你居然一个人看獭！你应该把它拍下来让大家一起看看啊。”

他一定会这样嘟囔的吧，一想到那个场面我就更想笑了。我一边咯咯地笑着一边写着短信，紧接着又打开了新的短信窗口。作为獭的目击者，我只想快点将这个信息告诉所有的人。

〔全文完〕